AF140199

Books on Demand

Eva Gerhard

Es begann an einem Weihnachtstag

**Eine Weihnachtsgeschichte
über Liebe und Zuneigung,
über Leid und Kummer**

Foto Umschlagseite: Gerhard Voss "Spieluhr"

Bibliografische Information der Deutschen Nationalbibliothek:

Die Deutsche Nationalbibliothek verzeichnet diese Publikation in der Deutschen Nationalbibliografie; detaillierte bibliografische Daten sind im Internet über http://dnb.dnb.de abrufbar.

Herstellung und Verlag: BoD – Books on Demand, Norderstedt

ISBN: 978-3-7386-5191-1

Inhaltsverzeichnis:

Es begann an einem Weihnachtstag

ES BEGANN AN EINEM WEIHNACHTSTAG

1. Ich wünschte mir ein Vogel zu sein und die Welt aus einer anderen Perspektive zusehen

Es ist Dezember. Ein Monat voller Magie, zahlreichen Bräuchen und Traditionen, vermischt mit dem weihnachtlichen Duft von Christstollen, dem Anstimmen von Weihnachtsliedern, den großen Augen strahlender Kinder und dem Verfall vieler Menschen in einen stunden-, tage-, ja wochenlangen endlosen Kaufrausch. Obwohl es einem klar sein müsste, dass Weihnachten jedes Mal am selben Tag ist.

Ich war mit meiner Freundin Susie im Stadtzentrum verabredet, ein Einkaufszentrum, das sich unter einem riesigen Adventskranz für ein paar Wochen zu einem wahren Weihnachtstraum für Groß und Klein verwandelt hatte. Überall standen bunt geschmückte Weihnachtsbuden mit Geschenkideen, Kunsthandwerk, weihnachtlichen Spezialitäten, Bastelaktionen, Häkel- und Strickstoffen, Würstchenstand, Krapfen-Bäckerei und vieles mehr.

Viel zu früh erreiche ich das Stadtzentrum und nutze die Zeit, mir das Geschehen von der Galerie im Obergeschoss aus anzusehen. Überall geschmückte Schaufenster mit Kugeln, Sternen, künstlichen Tannenbäumen und kleinen Weihnachtsmännern. Nur wenige verzichteten darauf und behalfen sich mit Flocken aus Watte oder Styropor, um ihre Schaufenster in eine schöne Schneelandschaft zu verwandeln.

Überall drängen Menschen mit Taschen und Tüten durch die Menge, schieben sich durch das Gewühl, niemand wird verschont. Kinder schreien und werden mit zärtlichen Worten wie: "Das sag ich alles den Weihnachtsmann", beruhigt.

An der Seite auf einem roten Sofa sitzt ein Mann mit rot-weißem Mantel, lockigem Vollbart und einer tiefen Stimme. Neben ihm hat ein Kind Platz genommen und erzählte von seinem Weihnachtswunsch.

Manche Kinder würden lieber unter den Tisch krabbeln, anstatt es sich neben dem weiß bärtigen Mann mit tiefer Stimme gemütlich zu machen, um ihn von ihren sehnlichsten Wünschen zu erzählen.

Das liegt daran, dass Eltern immer wieder dazu neigen, den Weihnachtsmann als ein Druckmittel zu benutzen, der die Geschenke nur dann bringen würde, wenn die Kinder brav sind. Dazu wird dann noch von der Rute erzählt, die der Weihnachtsmann statt der Geschenke bringt und damit die Strafe für unartige Kinder symbolisiert.

»Hast du das gescheckt«, fragte ein Junge, der gerade neben dem Weihnachtsmann saß.

»Ho, ho, ho, natürlich hab ich das gescheckt«, antwortete der Weihnachtsmann. »Du wünschst dir also eine Steinschleuder, Stinkbomben, Skateboard und Handschellen.«

»Genau!«

»Ho, ho, ho, na dann fröhliche Weihnachten.«

Ich sehe Susie suchend über den Platz laufen, winkte ihr zu und rief:

»Hallo Susie, hier bin ich«, doch meine gestikulierenden Handbewegungen und die Zaghaftigkeit meiner Stimme wurde von der Masse der Besucher erwürgt.

So lief ich die Treppe hinunter und stürzte mich in die Menschenmenge. Besonders am Krapfen-Bäcker bildeten sich friedliche lange Warteschlangen, die sich S- und U-förmig der Räumlichkeit anpassten.

Mit "Gestatten sie", "darf ich mal" und "Verzeihung" schlängelte ich mich an den Wartenden vorbei, ohne dabei in Panik zu geraten. Manche waren so anpassungsfähig, dass sie schon ganz leise und heimlich zur Seite traten, wenn ich mich ihnen näherte.

Dann fand ich endlich Susie und klopfte ihr auf die Schulter.

»Hey da bist du ja«, sprach sie, umarmte und küsste mich auf beiden Wangen.

»Man ist das Einkaufszentrum voll«, bemerkte ich.

»Weihnachten steht vor der Tür«, erwiderte Susie. »Die stille Zeit des Jahres.«

»Die stillste Zeit des Jahres? Du meinst wohl die stressigste Zeit des Jahres.«

»Hast du schon alles für Weihnachten eingekauft.«

»Schon lange. SOS, Schlips-Oberhemden-Socken, für meinen Vater und BAT, Bluse-Arbeitskittel-Topf, für meine Mutter. Und du? Du sicherlich noch nicht. Auf den Wievielten glaubst du, dass Weihnachten dieses Jahr fällt? Also Neujahr ist der Erste.«

»Ich weiß. Ich nehme mir jedes Jahr vor, nächstes Mal alles viel früher zu planen und dann stehe ich doch immer wieder ein paar Tage vor Weihnachten da und muss mir auf die Schnelle was einfallen lassen.«

»Dann denk dran, wenn du bestimmte Geschenke suchst und die nicht mehr verfügbar sind, dann müssen diese erst bestellt werden. Das dauert so an die zwei Wochen und in zwei Wochen ist Heiligabend schon lange vorbei.«

»Ich finde schon irgendwas«, und tatsächlich fand sie schnell verschiedene Geschenke für ihren Freund, ihre Eltern und ihren Bruder.

»Und was machst du so über die Feiertage«, wollte Susie wissen.

»Och, übermorgen am Heiligabend ist essen bei meinen Eltern angesagt und am ersten und zweiten Feiertag wollte ich mal so … zu Hause bleiben.«

»Alleine?«

»Natürlich allein. Oder meinst du, dass sich kurzfristig so ein süßer, charmanter, gut aussehender, selbstbewusster, intelligenter, attraktiver, solo seiender Mann anfindet, der die Weihnachtstage mit mir verkümmern will? Du weißt doch, dass die Chance für eine Singlefrau ab vierzig, einen passenden Partner zu finden, geringer ist als einen Sechser im Lotto? Ich kenne jede Menge toller Frauen, attraktiv, beruflich erfolgreich, witzig, die ohne Mann leben, aber keinen einzigen guten Mann, der ohne Frau lebt. Genug Männer sind zwar da, aber nicht genug gute.«

»Und da meinst du, dass du deinen Traummann an der Kasse eines

Supermarktes kennenlernen wirst, wenn du ungeschminkt in Jogginghose deinen Joghurt bezahlst.«

»Komm Susie, du kennst mich. Ich bin es gewohnt alleine zu sein und es gefällt mir.«

»Aber klar! Ich will ja nur nicht, dass jemand in der Weihnachtszeit einsam ist.«

Ich schüttelte mit dem Kopf und verzog mein Gesicht zu einem verächtlichen, ungläubigen Ausdruck, indem ich eine Augenbraue leicht anhob, mit einem Mundwinkel nach unten zeigte und gleichzeitig die Stirn runzelte.

Susie ist da anders. Gefällt ihr ein Mann, dann ist es für sie das Einfachste auf der Welt, rüber zu gehen und ihn anzusprechen. Irgendwann müsste auch ich mal die Eigeninitiative ergreifen, sonst würde es nie was mit einem Mr. Right und einer Mrs. Always Right werden, meinte sie.

Sie ist zwar der Meinung, dass ich das Aussehen eines Models hätte, das ich appetitlich und attraktiv sei, dass meine blauen Augen Lebensfreude, Vitalität und Erotik ausstrahlen, dass ich immer ein Schmunzeln auf den Lippen habe. Und was meine Figur betrifft, so ist sie wie eine Sanduhr geformt, was Männer immer wieder dazu animiert, einen zweiten Blick zu riskieren. Ich hätte einen knackigen Po, eine

Supertaille und wohlgeformte Hüften, die ich erregend zu meinem Werkzeug machen könnte.

In meiner Vergangenheit habe ich sowohl schöne als auch furchtbare Beziehungen erlebt und hab durch meinen Ex-Mann die Freunde am Leben verloren. Inzwischen sind viele Monate vergangen, aber das richtige Interesse an einen neuen Mann hat sich noch nicht gefunden.

Naja so ein nettes, ungezwungenes Kennenlernen wäre nicht schlecht, muss ja nicht gleich eine Beziehung werden, aber deswegen jemand auf der Straße ansprechen: "Hey wie geht's. Wollen wir zusammen Kaffee trinken?" oder "Ey, du gefällst mir, wollen wir was zusammen unternehmen?" Wenn ich mich so verhalten würde, dann muss doch der Mann denken, dass ich solche Aktionen routinemäßig durchführe und dauernd Männer anquatsche. Nun bin ich in meinem Single-Leben wählerischer geworden, habe mehr Selbstvertrauen gewonnen und habe nicht vor, einem schlechten Mann mein Herz zu schenken.

Susie zumindest versucht es immer wieder, mich unter die Haube zu bringen. Naja sie lebt in einer glücklichen Beziehung und wünscht sich das Gleiche für mich, würde sich dazu noch freuen, wenn mein

Angebeteter sich dann noch mit ihrem Angebeteten gut verstehen würde.

Mitten im Gedränge stehen wir im Pulk von Frauen mit ihren Kindern, die den Weihnachtsmann beobachten, der gerne von jedem Kind den Weihnachtswunsch entgegen nimmt. Doch kein Kind traute sich, so sprach Susie zu mir:

»Bleib mal hier stehen. Ich bin gleich wieder da.«

Etwas verwirrt schaute ich sie an. Was soll ich hier zwischen all den Kindern und deren Mütter, die den Weihnachtsmann bei seinem Ausruhen, bei seiner Entspannung, bei seiner Müßigkeit zusehen.

Doch ich ahnte Schlimmes. Susie zwängte sich durch die Traube von Menschen und setzte sich zu dem Weihnachtsmann auf das Sofa. Ein Raunen ging durch die Menge, was will so eine erwachsene Frau von dem Weihnachtsmann?

»Wie heißt du denn mein Kind«, sprach der Weihnachtsmann.

»Susie. Meine Mami sagte ich soll mich auf deinen Schoß setzen«, wurde von Susie wie ein Kleinkind imitiert.

»Vergiss es«, erwidert er. »Hast du einen Wunsch?«

Und dann wäre ich vor lauter Scham am liebsten in den Erdboden versunken.

»Mein Weihnachtswunsch ist ein Mann für meine Freundin Eva. Sie hat keine Macken, sieht gut aus, arbeite viel, und wenn sie Feierabend hat, dann warte der DVD-Spieler auf sie, mit den klassischen Liebekomödien wie "Bettgeflüster", "Ein Pyjama für Frau" und "Schick mir keine Blumen". Deswegen ist sie für alles andere zu Müde. Mit Anfang vierzig wird sie auch langsam alt. Der perfekte Mann müsste einen guten Job und Sinn für Humor haben. Sie ist was ganz Besonderes, aber das hört sie lieber von einem Mann, der es ernst mit ihr meint.«

Die ganze Zeit schaute Susie zu mir her und auch die Menschen um mich herum, fingen an zu begreifen, dass von mir die Rede war.

Nur nicht rot werden, dachte ich mir und schon spürte ich wie das Blut in meinen Kopf schoss, wie mir warm wurde. Mein Blutdruck stieg, meine Gefäße erweiterten sich und ich glaubte mein Kopf fing so rot an zu leuchten, wie die Nase von Rudolph das Rentier.

Dann antwortete der Weihnachtsmann:

»Derartige Wünsche sind nicht leicht zu erfüllen, und weil wir Menschen dazu zu schwach sind, bitten wir den

Weihnachtsmann um Hilfe. Man darf ihn um alles bitten, er kann aber auch Nein sagen, wenn er es nicht will. Aber in deinem Fall habe ich Hoffnung und werde deinen Wunsch annehmen.«

Unter frenetischen Beifall kam Susie strahlend zu mir. Sämtliche Augen der Anwesenden folgten ihr. Wer bis jetzt nicht wusste, über wen Susie sprach, der wusste es jetzt.

Peinliche Gefühle durchflossen meinen Körper. Ich machte mir Gedanken, was die anderen wohl von mir denken würden; fühle mich von allen Seiten angestarrt, als wenn jeder eine Reaktion erwartete, oder ist es ein Schuldgefühl, weil mir jemand was Gutes tun will?

Ein Mann, der neben uns stand, fing auf einmal an zu nörgeln:

»Ich hasse Weihnachten und ich gebe es auch gerne zu. Was ist denn je Gutes dabei herausgekommen? Hässliche Krawatten und trockenes Weihnachtsgebäck.«

»Ich hasse auch hässliche Krawatten«, erwiderte Susie.

»Die Freude an Weihnachten ist mir längst vergangen«, fuhr der Mann weiter fort. »Früher war das anders, dann hat mich das Glück verlassen. Ich war ein erfolgreicher Kaufmann und ich hatte eine

Freundin, Marion. Ich hatte alles erreicht, was mir wichtig gewesen war und dann kam er daher, ein Nichts, ein Niemand und spannt mir mein Mädchen aus.«

»Oh, das tut mir leid für sie«, sprach Susie.

»Ich wäre glücklich geworden, doch er hatte alles versaut und dass am Heiligenabend.«

»Komm lass uns abhauen«, sprach ich flüsternd.

»Warum?«

»Na sieh dich doch mal um. Die schauen alle zu uns her. Das war doch peinlich, was du da gemacht hast.«

»Was war daran peinlich. Du musst nicht überlegen, was die Leute denken, sondern einfach das Leben genießen und ab und zu mal herzhaft über solche Sachen lachen. Eigentlich wollte ich dem Weihnachtsmann meinen Wunschzettel übers Internet zukommen lassen. Aber da ich ihn hier gerade treffe, dachte ich mir, da kann ich ihm es auch persönlich sagen und jetzt weiß ich, dass er an der Erfüllung mit Sicherheit arbeitet.«

»Weißt du, als ich sieben war, da pustete ich gerne Seifenblasen, kleine und auch riesengroße. Wenn es mir dann gelang, eine

Kugel auf meiner Hand schweben zu lassen, ohne dass sie zerplatzte, dann wünschte ich mir immer ein Vogel zu sein, fliegen zu können und die Welt aus einer anderen Perspektive zusehen.«

»Und hat es geklappt?«

»Mit der Seifenblase auf der Hand schon, nur mit dem Fliegen nicht.«

»Als ich Kind war«, erzählte Susie dann, »da hatten wir immer mit Steinen auf die Sprossenfenster einer leer stehenden Fabrik geworfen und ging eine Scheibe dabei kaputt, dann ging unser Wunsch in Erfüllung.«

»Und hat es bei dir geklappt?«

»Ich konnte nicht so weit werfen. Mein Stein schaffte es gerade mal über den Zaun.«

Wir trödelten noch einige Zeit durch das Einkaufzentrum, bewunderten die handgeschnitzten Fertigkeiten, aßen Berliner und waren dann eigentlich froh, dieses malerische Weihnachtsdorf wieder verlassen zu können.

2. Ich fühle mich zu alt für Gummitwist und Sandkastenspiele

Am nächsten Tag, am Tag vor Heiligabend ist nirgends was los. Also fiel mir nichts bessere ein, als die Wohnung zu putzen und da ich Musik sehr motivierend finde, legte ich eine CD mit Weihnachtsliedern auf. Wie bei Aerobic-Übungen streckte ich meine Arme beim "Kling Glöckchen klingelingeling" aus, um Staub auf dem Schrank zu wischen, beugte mich bei "Kommet ihr Hirten", wenn ich unterm Sofa staubsaugte, und drehte mich bei "Alle Jahre wieder".

Anschließend richtete ich sie ein wenig weihnachtlich her. Dazu fand ich im Keller einen Karton mit diversen Dekorationsartikeln, die ich überall verteilte.

Für den Tisch ein paar schöne Glaskugeln und eine weihnachtliche Schale mit leckeren Knabbereien. Auf den Boden einen Eisbären und einen Weihnachtsmann, der sogar singen kann. Die Schneekugel-Spieluhr mit Krippenmotiv und der Melodie "Stille Nacht, Heilige Nacht" fand ihr Domizil auf der Kommode.

Die Fensterscheiben besprühte ich mit Kunstschnee aus der Dose, der Rahmen wurde mit einer Lichterkette dekoriert, dessen Kabel ich mit Tesafilm rund um das Fenster spannte.

Ausgiebig betrachtete ich mein Werk, war mit meiner Arbeit sehr zufrieden und ein breites Grinsen machte sich in meinem Gesicht bemerkbar.

»Das reicht«, sagte ich zu mir. »Es sind nur drei Tage, dann ist alles wieder vorbei und jeder denkt dann an Silvester.«

Ja Weihnachten, das besinnliche Fest mit Kerzenschein, gutem Essen und viel Zeit für Familie und Freunde. Eine Zeit, um gedankenvoll ins sich zu gehen, Nachdenken, was uns eigentlich im Leben wichtig erscheint – etwa ein liebevolles Miteinander, Freundschaft und Solidarität, einem Menschen eine Schuld zu vergeben oder selbst um eine Entschuldigung zu bitten. Weihnachten, ein Fest der Liebe und auch der Vergebung.

Eine Woche später das große Besäufnis, wo der Alkohol die Zunge löst und verborgenen Gedanken ausspricht, wo Sinne betrübt und Veränderungen im Verhalten bewirkt werden, wo die Redseligkeit in einem dröhnenden für jedermann hörbaren Ton erfolgt.

Hätten die Römer im Jahre 153 v. Chr. den Jahresbeginn nicht auf den 1. Januar verlegt, dem Tag des Amtsantrittes des

Konsuls und hätte Papst Innozenz XII im Jahre 1691 den 1. Januar nicht als Neujahrtag für alle festgesetzt, würden wir unseren Kater gegenwärtig am 1. März mit uns herumtragen.

Aber warum trinken wir eigentlich Alkohol? Nur weil wir einmal aus unserem Ordnungsleben heraustreten möchten? Weil wir uns glücklicher fühlen und mutiger sind Männer anzuquatschen? Oder trinken wir zum Frustabbau? Alkohol ist in der Gesellschaft verankert, bei Partys wird man fast schon dazu gedrängt mitzutrinken.

Nicht umsonst sagt man, dass man bei einer erhöhten Menge von Alkohol sich vom Sexualtrieb leiten lässt und dass man betrunken schneller zu einem One-Night-Stand kommt, als sonst.

An sich wäre es schlau, sich vom Alkohol fernzuhalten, doch ich bin nicht schlau und öffnete mir eine Flasche Wein. Während ich einschenkte, dachte ich an den wichtigsten nationalen Neujahrsbrauch in Spanien. Dort wird bei jedem der zwölf Gongschläge zum Jahreswechsel eine Traube gegessen.

Dabei schaute auf die Flasche Wein, auf die Flasche Rotwein, auf den Rioja, der durch seine feinen Vanille- und Gewürznoten an den weichen Fruchtgeschmack von Lakritz und Waldbeeren erinnert, und frage mich, wie viel Trauben wohl in so einer

Flasche stecken.

Man behauptet, das Verhältnis Trauben zu Wein liege bei 1:0.75, das heißt, zwölf Trauben entsprechen dann ... was für eine erhebliche Umstellung des Stoffwechsels auf eine alkoholische Gärung.

Schnell lasse ich von den Gedanken ab und schaltete den Fernseher ein. Der Film "drei Haselnüsse für Aschenbrödel" fing gerade an. Ein tschechisches Kultmärchen, das schon dreißig Jahre alt ist und zur Weihnachtszeit gehört, wie Tannenbaum und Glühwein oder wie Glaskugeln, Knabbereien und Rioja.

Eine Geschichte, wo Aschenbrödel als leibliche Tochter des reichen Gutsbesitzers um ihren Besitz betrogen wird und auf dem Hof nun die schlimmsten Arbeiten verrichten muss. Die bösartige Stiefmutter mit ihren furchtbaren Hüten und die fiese, sadistische, hässliche, dumme Stiefschwester haben das Sagen über den Gutshof. Sie hatten auch das Sagen über die Dienstboten und den Bauen, über die Köchin und den Küchenjungen, über all die Menschen, die auf dem Gutshof arbeiten.

Eines Tages befand der König des Landes, das es an der Zeit wäre, dass sein Sohn heiraten sollte. Viele junge Mädchen von nah und fern wurden zu dem Ball eingeladen, damit sich der Prinz für eine entscheiden könnte. Zu den geladenen Gästen gehörten auch Aschenbrödels Stiefmutter und deren Tochter. Sie hoffte, den Prinzen für sich zu gewinnen. Aschenbrödel hingegen soll zu Hause bleiben und Erbsen aus der Asche lesen.

Der Ball auf dem Schloss des Königs ist in vollem Gange. Der Prinz langweilt sich bis zu dem Augenblick, als plötzlich eine junge Dame mit einer kostbaren Robe bekleidet den Saal betritt. Alle Augen sind auf sie gerichtet. Der Prinz fordert die Unbekannte zum Tanz auf. Aschenbrödel gibt sich nicht zu erkennen, und als ihr der Prinz einen Heiratsantrag macht, soll er zuerst ein Rätsel lösen. So schnell, wie sie gekommen ist, ist sie wieder verschwunden. Auf der Treppe findet der Prinz den verlorenen Schuh seiner Angebeteten. Er sucht sie, bis er das Mädchen findet, dem der Schuh passt.

Ein Film zum Dahinschmelzen, wo man sich selber wünscht, mit seinem Traummann im weißen Kleid auf einen Schimmel zu sitzen und über verschneite Felder dem Sonnenuntergang entgegenzugaloppieren.

Das Telefon klingelte. Ich raffte mich auf, ging zum Telefon und nahm den Hörer auf.

»Am zweiten Weihnachtstag hast du was vor«, grölte Susie ins Telefon.

»Hä?«

»Mein Freund kommt zu mir und bringt seinen Arbeitskollegen mit. Ein Mann wie aus einem Bilderbuch, attraktiv, einfühlsam, erfolgreich, sieht gut aus und ist soooo-lo.«

»Danke, mir hat deine letzte versuchte Verkuppelung gereicht. Der Mann war mir 120 Jahre im Voraus.«

»Nah und, wenn er stirbt, hättest du sein Haus geerbt.«

»Aber doch nicht so.«

»Aber du erzählst doch immer selber, dass du zu alt bis für Gummitwist und Sandkastenspiele, für Experimente und Abenteuer, für One-Night-Stands und Affären, für …«

»Okay, Okay«, unterbrach ich Susie. »Ich mache dir ein Vorschlag. Ich verspreche dir, dass ich nie mehr sage, dass ich zu alt bin, wenn du mir versprichst, mich nicht mit älteren Herren zu verkuppeln. Okay?«

»Okay!«

»Sehr gut.«

»Und was ist mit dem zweiten Weihnachtstag? Der Mann ist nicht nur in deinem Alter, er sieht auch noch toll aus.«

»Su-sie-e-e-e.«

»Du kannst dir das noch überlegen und dann erwarte ich dich gegen Abend. Frohe Weihnachten.«

»Danke, dir auch ein frohes Weihnachtsfest.«

»Danke! Feier morgen schön!«

»Du auch! Tschüss!«

»Tschüss!«

Susie versuchte immer wieder mich zu verkuppeln, was im besten Fall mit Ehe und Lebensglück belohnt werden sollte. Sie will sich immer als Amor des Jahres aufspielen, um sich bei Erfolg jahrelang auf die Schulter klopfen zu können.

Dabei war zu unserer Kindheit noch die Kuppelei ein Straftatbestand und wurde als eigennützige oder auch gewohnheitsmäßige Förderung außerehelicher sexueller Handlung definiert.

Die Prüderie fand erst Mitte der 70er Jahre ihr Ende. Bis dato waren Abtreibungen noch verboten und wurden mit Gefängnis oder Zuchthaus bestraft. Mädchen, die noch zur Schule gingen, wurden deswegen von der Schule verwiesen. Auch Homosexualität war noch strafbar, sowie die Unzucht, der sexuelle Kontakt zwischen unverheirateten Personen.

So konnte eine Mutter, die ihrem

erwachsenen Sohn in der elterlichen Wohnung Geschlechtsverkehr mit seiner Freundin oder Verlobten gestattete, mit Zuchthaus bis zu fünf Jahren bestraft werden. Untermietern war es verboten, nach 22:00 Uhr Besuch von Personen des anderen Geschlechts zu haben. Unverheiratet zusammenzuleben war zu dieser Zeit fast unmöglich.

Heute leben immer mehr unverheiratete Paare zusammen, ein Trend, der immer mehr zunimmt. Selbst bei einer Schwangerschaft entsteht selten noch der Wunsch, die kleine Familie zu legitimieren. Die Bedeutung an einer Heirat ist verloren gegangen und die Kinder wachsen bei Alleinerziehenden oder bei unverheirateten Paaren auf. Eine Heirat will gut überlegt sein, denn sie kann auch durchaus Nachteile bringen, wenn es mal schief geht.

Im Gegenzug werden die Mütter immer jünger. Früher Sex und kärgliche Aufklärung über Verhütungsmaßnahmen sorgen dafür, dass bereits vierzehnjährige schwanger werden. Während man früher erstmal eine Ausbildung gemacht hatte, arbeitete, sich ein Nest baute und dann an eine Familienplanung dachte, denken die Teenie-Mütter heutzutage: Scheiß egal, der Staat fängt einen schon auf.

Heute braucht niemand Angst vor einer

Anzeige mehr zu haben, wenn sich Mann und Frau beim Abendessen sehr, sehr nahe kommen. Aber eine Verkuppelung kann auch durchaus die Freundschaft belasten. Jahrelange, freundschaftliche Beziehungen können zerbrechen, im Streit auseinandergehen, wenn der Partnervorschlag zurückgewiesen wird. Wie kann es auch sein, dass meine liebe Freundin Susie glaubt, den Mann den sie aussucht, dass der zu mir passen würde. Woher will sie wissen, ob ich einen Mann suche. Ein Mann, der neben mir im Bett schnarcht, in meiner Küche krümelt, der mir die Luft zum Atmen nimmt, meine Termine besetzt, mir ein schlechtes Gewissen macht oder mich bis in meine Träume verfolgt? Es genügt doch, wenn er irgendwo im Büro sitzt oder als Versicherungsvertreter klingelt, weil ich unterversichert bin.

Ich legte mich wieder auf Sofa, schalte alle Sender des Fernsehers durch und suchte nach einem Programm, was mich interessieren könnte. Nur Weihnachtsfilme mit Familien, die sich dermaßen lieb haben. Echt nicht zum Aushalten.

So schob ich mir eine DVD in den Rekorder und ließ mich von dem eingefleischten hemmungslosen Junggesellen Brad Allen, der als erfolgreicher Songschreiber sein Geld verdient und der Innenarchitektin Jan Morrow zum Bettgeflüster überreden. Ein Klassiker unter den Liebeskomödien mit dem Traumpaar Doris Day und Rock Hudson.

Während ich mich von den Sex andeutenden Dialogen und den mit erotischen Symbolen spielenden Dekor hinreißen ließ, leerte ich die Flasche Wein. Gerade an der Stelle, wo Brad Allen den naiven Naturburschen spielt, der als texanischer Cowboy zu Besuch in New York ist, klingelte das Telefon.

Der Anrufbeantworter sprang an und ich hörte die Stimme meiner Mutter:

»Eva, hörst du mich, geh doch mal ran. Hallo deine Mutter will dich nur was fragen, Eva, Hallo.«

Es nervte. Die Konzentration auf den Film ging verloren. Ich nahm das Telefon von der Station und ging ins Wohnzimmer.

»Eva bist du dran, ich hör dich doch, Hallo Eva.«

Ich atmete tief durch und meldete mich.

»Hallo Mama.«

»Warum hörst du denn nicht.«

»Wieso? Ich hör doch, ich war gerade mit Rock Hudson und Doris Day beschäftigt.«

»Wer ist Rock Hudson und Doris Day? Sag mal, hast du Alkohol getrunken?«

»Ja ich habe Alkohol getrunken. Ich bin über vierzig und beschäftige mich mit dem Bettgeflüster.«

»Was bist du so aggressiv. Ich wollte nur wissen, wann du morgen kommst.«

»Ja dann tu es doch endlich.«

»Also wirklich. Sitz da so ganz allein an Weihnachten und betrinkt sich.«

»Ich bin nicht allein.«

»Rock Hudson und Doris Day sind doch nur imaginäre Personen.«

»Ich hab auch noch Tony Randall.«

»Na egal. Komm morgen zum Gänsebraten pünktlich. Du weißt ich hasse es, wenn die Klöße verkochen.«

Eltern sind anstrengend, besonders meine. Sie versuchen mich immer wieder wie Früher zu belehren, womit sie mich in die Rolle des kleinen Mädchens von damals drängen. Manchmal ist es sehr belastend und provoziert den Wunsch, sich dieser Lebensstellung zu entziehen.

Ich verzichtete auf eine weitere Flasche Wein und begab mich lieber ins Bett.

3. Ist Ehrlichkeit nicht das Grundprinzip unserer Gesellschaft

Am nächsten Morgen bin ich dann rechtzeitig aufgestanden, fragte mich aber kurz danach: warum? Warum quäle ich mich um diese Zeit aus dem warmen kuscheligen Bettchen hervor? Es ist noch dunkel draußen und arbeiten brauch ich heute auch nicht.

Wenn der Winter sich mit Schnee und Eis von seiner frostigen Seite zeigt, wird es besonders morgens ungemütlich, vor allem dann, wenn es heißt, raus den Federn, Schnee schippen und den Gehweg streuen.

Es ist eben halt kein Sommer, wo es früh hell wird. Wo man barfuß auf der Terrasse steht, die Sandkörner zwischen den Zehen spürt, die Verheißung des neuen Tages erlebt, das Vogelgezwitscher, fünf Minuten lang an nichts denkt und sich freut, ein Teil dieser Welt zu sein. Nein, wir haben Winter.

Eine dunkle Jahreszeit, die streng, kalt und auch oft trüb ist. Man verbringt viel Zeit bei künstlicher Beleuchtung und man ist niedergeschlagen, deprimiert, bedrückt und antriebsschwacher als sonst. Der Körper ist auf Winterschlaf eingestellt, der Stoffwechsel hat sich verlangsamt und abends schläft man schon vor der Tagesschau auf dem Sofa ein. Mit fehlt einfach das helle Licht der Sonne, die sich jetzt weniger zeigt als im Sommer.

Deshalb plante ich für heute, auch wenn meine Unternehmungslust und meine Stimmung mehr von der Trägheit überstimmt wurden, einen ausgiebigen Spaziergang an der frischen Luft zu machen. Eine Stunde sollte reichen, man muss es ja nicht übertreiben und außerdem muss ich heute Abend rechtzeitig bei meinen Eltern sein.

Wie schon das Häschen zum Schneemann sagte: "Möhre her oder ich föhne dich" überwand ich den inneren Schweinehund, zog mich ganz dick und warm an und verließ das Haus.

Früher als die Winter noch Winter waren und es jede Menge Schnee gab, da konnte man noch in der Stadt rodeln. Da musste man sich auch in Acht nehmen, um nicht von herabfallenden Eiszapfen erschlagen zu werden und so manche gewaltige Schneelawine, die vom Dach polterte, begrub die auf der Straße parkenden Autos unter sich.

Gestreut wurde nur auf Gehwegen, und zwar hauptsächlich mit den Resten aus dem Aschekasten vom Ofen. Salz als Streumittel war noch unbekannt. Heute wird der Schnee durch die eingesetzten Streumittel schnell zu Matsch und wer heute das Knirschen unter den Füßen spüren will, der fährt in die

Berge oder besucht öffentliche Parkanlagen.

Ich entschloss mich für Letzteres und marschierte zum naheliegenden Jenischpark, eine ehemalige private uralte Parkanlage im landschaftlichen Stil. Dabei blickte ich hinunter auf den Schnee, der sanft und weich unter meinen Füßen nachgab, wie er meine Fußabdrücke einfing und behielt.

Kurz bevor ich diese kulturelle Stelle durch das Kaisertor betrat, welches sich neben dem Parkwächterhaus in Schweitzer Architektur mit Loggien, Giebeln und Gauben, Fachwerken und Zierbrettern befand, erschrak ich.

Eine Handfläche, bedeckt mit einem fingerlosen Handschuh tauchte vor meinem Gesicht auf und bat:

»Haben sie mal ein Euro?«

Erschrocken blickte ich auf, meine Augen weiteten sich, mein Mund blieb offen stehen und ich spürte, wie ich erblasste.

»Wenn ich sie erschrocken habe, so bitte ich um Entschuldigung oder liegt es daran, dass ich aussehe, wie einer der aus dem bürgerlichen Leben ausgeschieden ist.«

»Nein, nein ich war nur in Gedanken versunken, hatte gerade an den Bausenator Jenisch gedacht, der diesen großbürgerlichen Sommersitz besaß und von hier aus seine Bank- und Staatsgeschäfte betrieb.«

»Mag sein, dass der viel Grund und Boden besaß«, sprach der Mann. »Aber ich besitze viel mehr, ich besitze den Reichtum der Armut, die Freiheit der Bedürfnislosigkeit und das Glück des Verzichts. Und wer auf alles verzichtet, der erleidet auch keinen Verlust im Leben.«

Ein weiser Mann dachte ich, holte mein Portemonnaie aus der Tasche und gab dem Mann einen Zwanzigeuroschein. Der Mann verneigte sich mehrmals und sprach:

»Vielen Dank und frohe Weihnachten wünsche ich Ihnen.«

»Ihnen auch ein frohes Weihnachtsfest«, antwortete ich und ging weiter.

Zur gleichen Zeit betraten über den östlichen Eingang drei Herren bekannter Wirtschaftsgrößen, die das Geheimnis der Vermögensbildung für sich entdeckt hatten. Jedes Jahr trafen sie sich am Heiligabend im Jenischpark und sinnierten über ihre Erfolge und über die Ehrlichkeit der Menschen.

»Für ehrliche Menschen ist Ehrlichkeit nichts, um das sie sich aktiv bemühen müssten«, erwähnte einer der drei Herren.

»Wenn ich sage "Das Essen ist gut", so ist

das eine eindeutige Formulierung. Sie kann aber auch bedeuten: Jetzt meine ich es ehrlich, das Essen ist gut und alles was ich sonst gesagt habe, ist damit nicht unbedingt ehrlich gemeint.«

»Meine Herren, es ist doch ganz einfach herauszufinden, ob die Menschheit ehrlich ist oder nicht.«

»Ja und wie?«

»Nun, gebt mir alle eure Portemonnaies, nehmt alles raus bis auf hundert Euro und legt eine Visitenkarte von mir rein. Nun werden wir sie an drei verschiedenen Stellen unauffällig deponieren, zu mir Hause gehen und warten, ob sich jemand meldet.«

»Und wie lange willst du warten, bis Neujahr? Bis zum Sommer?«

»Sagen wir, bis zum Einbruch der Dunkelheit. Als Finderlohn werden wir den ehrlichen Menschen zum Essen einladen und dessen Portemonnaie gefunden wurde, der bezahlt die Zeche.«

Die drei Männer stimmten ein, legten unauffällig, aber offensichtlich ihre Geldbörsen auf einer Parkbank, neben einem Papierkorb und direkt auf einen Weg ab und beeilten sich schnellstens Heim zu kommen.

Ein Ehepaar befand sich auf einen dieser

zuwege. Im Schlepptau hatte der Mann seinen Sohn, der sich auf einen Schlitten hinterher ziehen ließ. Plötzlich blieben sie stehen. Die Frau bückte sich und hob eine dieser Geldbörsen auf.

»Sie mal was ich gefunden habe«, ein Portemonnaie.

»Schau nach ob Geld drinnen ist«, sprach der Mann.

»Mhm, da sind hundert Euro drin. Ich denke Mal, dass das Geld jetzt uns gehört, oder?«

»Steht da eine Adresse drin?«

»Eine Visitenkarte. Das Portemonnaie gehört dem Präsidenten einer Anwaltskanzlei. Der wohnt hier in der Nähe.«

»Dann sollten wir uns einen schönen Abend damit machen«, bestimmte der Mann. »Einem Präsidenten tun hundert Euro bestimmt nicht weh.«

»Papa kaufst du mir davon einen Hund«, fragte der Sohn, der das Gespräch mitverfolgte.

»Mal sehen, meine Kleiner, mal sehen«, antwortete der Vater.

»Du gehst sehr großzügig mit dem Geld andere Leute um«, bemerkte seine Frau, worauf der Mann den Schlitten anzog, die Frau das Geld einsteckte und die Börse im Papierkorb verschwinden ließ.

Tief atmete ich die kühle, schadstoffunbelastete Luft ein und rege meinen Körper und Kreislauf damit an. Ich genieße die Ruhe und lasse mich von der winterlich erstarrten, schneeweißen Landschaft inspirieren, die nur von einigen schwarzen Trampelpfaden unterbrochen wird.

Einige Kinder rodeln, andere bauen einen Schneemann. Sie versuchen damit ihre Zeit zu vertreiben, bis endlich die Bescherung naht.

Auch wir als Kinder bauten große dicke Schneemänner, nahmen Steine um ihn mit Augen, Mund und einer Knopfleiste auf dem Bauch auszustatten. Als Nase diente eine Mohrrübe, als Kopfbedeckung ein alter Hut, um den Hals trug er einen Schal und im Arm hielt er einen Reisigbesen. Wir hatten den schönsten Schneemann, den man sich vorstellen konnte.

Die Stimme eines Mädchen riss mich aus der Erinnerung, die zu ihrem Vater sprach:

»Ich wünsch mir eine artige Mama, kannst du das dem Weihnachtsmann ausrichten?«

Ein anderes Kind fragte ihre Mutter:

»Mama darf ich dich am Neujahr zum Wecken eine Knallerbse vor das Bett werfen?«

Andere erkundigen sich unentwegt:

»Wann kommt denn endlich der Weihnachtsmann?«

Wieder atmete ich die klare winterliche Luft durch die Nase ein, schaute zum blauen wolkenfreien Himmel und stieß sie mit kleinen Nebelschwaden aus Mund und Nase wieder aus.

Die weiße Pracht lässt keinen kalt. Auf der verschneiten Hundewiese tobten zwei Hunde ganz entspannt herum. Sie stießen mit der Nase in den Schnee, wälzten sich darin, sprangen mit allen Vieren in die Luft, rutschten aus, fielen hin und puderten sich ein oder jagten wie verrückt kläffend und hechelnd Schneebällen hinterher.

Eine Zeit lang schaute ich dem Schauspiel zu, wie ein Herrchen Schnee in die Luft warf und sein Hund versucht nach dem kalten Nass zu schnappen. Von einer Anhöhe fuhr ein Mann mit seinem Hund Schlitten. Er hatte einen Abfallsack ausgebreitet, sich mit seinem Hund darauf proportioniert und rutschte nun den Hügel damit herunter.

Weltvergessen ging ich weiter und bemerkte die glatte Stelle unter dem Schnee nicht, die mich fast zu Fall brachte. Ein

Sturz, dem ein erstauntes "Hoppla" vorausgeht.

Reflexartig versuchte ich durch Ruderbewegungen das Gleichgewicht zu halten, klappte jedoch nicht ganz und ich musste mit den Händen den Sturz abfangen. Meine Mutter hatte immer gesagt, ziehe alte dicke Wollsocken über die Schuhe, dann hast du einen guten Halt. Aber wie sieht das denn aus?

Gebeugt klopfte ich den Schnee von meiner Kleidung und starrte dabei in die weiße Pracht. Etwas Dunkles ragte heraus, ein Gegenstand, eine Sache, eine Erscheinung, ein Etwas. Ich griff danach und hielt eine Geldbörse in der Hand. Zwei fünfzig Euroscheine holte ich raus und war im Begriff, sie mein eigen zu nennen, als eine höhere Stimme mich ermahnte:

»Ist Ehrlichkeit nicht das Grundprinzip unserer Gesellschaft?«

»Hm, ich glaub schon.«

»Kannst du das denn mit deinem Gewissen vereinbaren. Es setzt Intellekt, Weitsicht, Einsicht, Umsicht, Mitgefühl, Gerechtigkeitssinn und Rücksicht voraus. Kannst du das alles ausschließen?«

»Nein!«

»Dann mach es auch nicht!«

Es stimmt. Man darf nicht die Schwächen anderer ausnutzen und schon gar nicht, sich an fremdes Eigentum vergreifen. So zog ich die Visitenkarte heraus und begab mich auf dem Weg zu der Adresse.

4. Es war, als wenn Stromschläge durch meinen Körper schossen

Nahe der Parkanlage in einer vornehmen Gegend befand sich das Haus des Geldbörsenbesitzers. Eine feine Adresse mit einem prunkvollen Haus. Ich klingelte, die Tür ging auf:

»Entschuldigen sie bitte, sind sie Herr Maximilian Balthasar?«

»Ja, das bin ich.«

»Oh, ich habe ihre Geldbörse gefunden, da stand ihr Name drin.«

»Ja das könnte schon sein. Ich glaub ich habe sie verloren. Ich hätte nicht gedacht, dass ich sie wieder bekommen würde. Es gibt doch noch ehrliche Menschen auf der Welt, wie zum Beispiel sie.«

»Wie viel Geld war denn drin?«

»Äh, ich glaube so hundert Euro.«

»Stimmt, hier ist ihr Portemonnaie.«

»Ich danke ihnen von ganzen Herzen.«

»Nicht dafür, das hab ich doch gern getan. Frohe Weihnachten«, sprach ich, drehte mich um und war bedacht zu gehen, als der Mann rief:

»Oh nein, oh nein, gehen sie noch nicht. Kommen sie rein, es ist kalt draußen. Geben sie mir ihren Mantel und wärmen sie sich ein wenig auf.«

Ich ließ mir aus dem Mantel helfen und wurde daraufhin ins Wohnzimmer begleitet. Ein prasselndes Kaminfeuer gab dem Raum eine behagliche Atmosphäre.

»Sie sind außerordentlich erfrischend«, erwähnte Maximilian Balthasar. »Wie war doch gleich ihr Name?«

»Eva.«

»Das ist Herr Caspar und Herr Melchior«, wurden mir zwei weitere Herren vorgestellt.

»Und mein Name ist Gerd«, hörte ich hinter mir jemanden sagen.

Ich drehte mich um und sah in das Gesicht eines Mannes, der mir mit seinem spitzbübischen Lächeln fast den Boden unter den Füßen wegriss. Er war schlank, hatte dunkelblondes Haar, blaue Augen, strahlte Sympathie, Charme und Männlichkeit aus. Er hatte dieses gewisse Etwas, dass mich ansprach und schwach werden ließ.

Ich erinnerte mich an meine Teenie-Zeit, wo mein erster Favorit der gut aussehende, scheinwerfersüchtige Sänger meiner Lieblingsschülerband war und auch der schüchterne Schlagzeuger, der immer guckte, als würde er sich am liebsten hinter seinen Drumsticks verstecken.

Ein flüchtiger Blick, ein freundliches Lächeln – manchmal macht es sofort klick zwischen zwei Menschen, denn ein passender Deckel passt zu jedem Topf und zu jeder Prinzessin gehört auch ein Prinz, ebenso zum linken Schuh ein rechter passt.

Die Metapher, nach der man von Amors Pfeil getroffen wird, drückt die Unvermitteltheit der Liebe treffend aus.

»Angenehm, Eva«, sprach ich zu ihm, und als wir uns die Hand gaben, spürte ich ein Lichtstrahl, der durch die Wolken brach und mein Herz mit Sonne erfüllte.

»Dürfen wir sie zum Essen einladen«, sprach Herr Maximilian Balthasar.

»Oh, vielen Dank, aber das geht nicht.«

»Warum nicht, haben sie schon gegessen?«

»Nein, aber ich bin heute Abend bei meinen Eltern zum Essen verabredet.«

»Heute Abend ist noch lange hin, bis dahin sind sie längst wieder Zuhause. Kommen sie, seien sie nicht so schüchtern«, und schon half man mir wieder in den Mantel. Der junge Mann mit dem schalkhaften Lächeln hackte sich bei mir ein, und während wir zu dem Lieblingsrestaurant der Herren fuhren, spürte ich die kleinen feinen Gesten, die ihn so besonders machten.

Das Strahlen seiner Augen, warmherzig, fröhlich und ausgelassen. Das sanfte Lächeln, welches seine Lippen umspielte. Die Momente, in denen sich unsere Blicke trafen und in stiller Übereinkunft unserer Gedanken vereinten.

Am Restaurant angekommen wurden die drei Herren namentlich begrüßt, was vermuten lässt, dass sie hier Stammgäste sind. Anschließend wurden wir zur Garderobe begleitet, danach zu einem Aperitif in eine Art Kaminzimmer.

Es war ein Restaurant am Elb-Uferhang mit einem traumhaften Ausblick auf ein- und auslaufende Schiffe und mit Räumen, wie aus den schönsten Hollywoodfilmen.

Von einem Mitarbeiter des Restaurants wurden wir zum Tisch begleitet. Die weihnachtliche Tischdekoration mit brennenden Kerzen und das stilvolle Geschirr beeindruckten mich. Ebenso der wunderschöne Raum, der fast wie ein Saal wirkte, mit seinen Wandmalereien, Stuckdecken und schweren Kristalllüstern.

Ein Sommelier, ein Weinkellner, beriet die Herren über das Weinangebot des Hauses. Neben mir saß Gerd und er konnte seinen Blick nicht von mir lassen. Ich fühlte mich wohl. Ein Augenblick, der sich nicht mit

Worten beschreiben ließ.

»Du schaust mich die ganze Zeit an, hast du was auf dem Herzen«, fragte ich.

»Ich frag mich die ganze Zeit, ob so eine bezaubernde Frau wie du, verheiratet ist?«

»Und?«

»Was und?«

»Und, wie fiel die Antwort aus?«

»Ich weiß nicht. Bist du es?«

»Das könnte ich bejahen.«

Geplättet schaute er drein, war überrascht, verwundert, einfach konsterniert über diese Antwort. Doch ich liebe das Spiel, jemanden wuschig zu machen, jemanden zappeln zu sehen, jemand durcheinanderzubringen und gar zu verwirren.

»Irgendwie fällt es mir schwer zu glauben, dass du verheiratet bist«, sprach er.

»Ja, mir fällt es auch ziemlich schwer.«

»Du benimmst dich nicht, als wärest du verheiratet.«

»Naja, ich fühl mich auch nicht so, als wäre ich verheiratet. Und bei dir? Versorgt deine Frau gerade die Kinder Zuhause, schmückt sie den Tannenbaum und macht das Essen?«

»Nein, ich lebe alleine. Es gab zwar viele Stuten, die den Hengst von der Weide locken wollten, aber die einen waren nicht mit dem gottgegebenen Äußeren gesegnet. Bei den Anderen würde man lieber ins Zölibat eintreten. Einige hatten als besten Freund die Magersucht in ihr Leben gerufen, dann sind da noch die Frauen, die viel reden und dabei nichts sagen und der Rest will nach einem Scheiß Erlebnis, dass man sie aus dem Sumpf herauszieht.«

»Wenn sie erlauben«, sprach einer der Herren, »dann bestelle ich für uns alle.« Und so bestellte er etwas, dass nur mit ganz wenigen Worten beschrieben wurde.

»Und bringen sie eine Flasche Champagner Grand Cuvée Rose«, rief er dem Kellner noch hinterher.

»Sie haben doch nichts gegen Champagner? Oder«, fragte er und sah mich und Gerd dabei an.

Synchron schüttelten wir den Kopf.

Der Champagner kam und nachdem eine kleine Dankesrede verfasst wurde, über die Ehrlichkeit zweier Menschen, stießen wir gemeinsam an.

Das Essen kam und unsere Unterhaltung wurde unterbrochen. Ein Sechs Gänge Menü hatten die Herren bestellt, außergewöhnlich schmackhaft und gut zusammengestellt. Es gab winterlichen Gemüsesalat, Samtsuppe von der Kerbelknolle, Polenta mit Pilzen und Spinat, Rinderfilet mit Prinzessböhnchen, Kartoffel und Zwiebel, geschmorte Ochsenschulter mit Möhrchen und Kartoffelschaum sowie Altländer Apfel mit Rosinen, Vanille, Rum und Mandel. Dazu eine Weinbegleitung, die dazu neigte, bei jedem Gang einen anderen passenden Wein zu kosten und somit das Verzehrvergnügen komplett machte.

»Ich will euch mal ein Erlebnis erzählen«, sprach Herr Caspar.

»Ach, willst du wieder deine Geschichten von der Ostfront erzählen, die du uns schon vor zwanzig Jahren erzählt hattest«, beanstandete Herr Melchior.

»Nein! Es ist eine Geschichte, die sich vor langer, langer Zeit zugetragen hatte. Ein Junge, er war so alt wie …, wie …, wie ein Enkelkind und lebte am Stadtrand in einem alten Haus mit seiner Mutter. Er war ein braver Junge, liebte alle Feiertage und alle Schulferien. Aber das größte war für ihn das Weihnachtsfest, die geschmückten Straßen und der Glanz der Lichter.

Zwei Wochen vor Weihnachten sagte seine Mutter: "Junge morgen gehen wir los und besorgen uns was ganz besonderes", und was ganz Besonderes war es dann auch.

Sie stiegen in den Wagen, fuhren zum nächstliegenden Bauernhof und kauften eine Weihnachtsgans. Der Junge durfte sie aussuchen und er suchte die prächtigste und imposanteste Gans aus, die er jemals gesehen hatte. Das Mordsvieh kam hinten in den Wagen und sie brachten es zu sich nach Hause. Tja, und was soll ich sagen. Dieser Junge und diese Gans wurden unzertrennlich. Wo die Gans hinging, war auch der Junge und wo der Junge war, da war auch die Gans. Niemals sah man die beiden getrennt, als wären sie aneinander geschweißt. Er hatte sie gekämmt, sie gewaschen und ihr sogar einen Namen gegeben. Tja und dann wurde ihm einen Tag vor Weihnachten klar, dass die Gans gar kein Weihnachtsgeschenk war. Das arme Tier sollte viel mehr zu Weihnachten geschlachtet werden.«

»Oh«, erschauderte es mir.

»Und was ist dann passiert?«, fragte Gerd.

»Nun, er war furchtbar traurig, wartete so lange, bis alle im Haus schliefen, packte sein Bündel, band der Gans ein Seil um den Hals und ging mit ihr in den tiefen Wald.«

»Und kam der Junge wieder zurück«,

wollte ich wissen.

»Der Junge schon, aber die Gans nicht. Er hatte sie tief im Wald versteckt, da wo nur noch Dickicht war. Niemand konnte sie dort finden und so konnte auch niemand ihr was tun.«

»Und …, und was geschah mit dem Jungen?«

»Der hat eine ordentliche Tracht Prügel bekommen.«

»Schöne Geschichte, die du da uns auftischen willst«, bemängelte Maximilian Balthasar etwas abwertend.

»Oh nein, nein, die Geschichte ist wahr. Ich kann dir noch die blauen Flecken von damals zeigen.«

Alle fingen an zu lachen und ich war gerührt von der Erzählung. Es war eine fröhliche Atmosphäre, eine Zufriedenheit, die ausgelassen und neckisch, albern und liebevoll war.

Als John Lennon fünf Jahre alt war, hatte seine Mutter immer zu ihm gesagt, dass Fröhlichkeit das wichtigste im Leben sei. Ein Jahr später kam er zur Schule und wurde vom Lehrer gefragt, was er mal sein möchte, wenn er groß ist. Er schrieb "fröhlich", worauf der Lehrer meinte, er hätte die Frage nicht richtig verstanden.

Daraufhin antwortete John Lennon: Sie hätten das Leben nicht verstanden.

»Wollen wir ein wenig an die frische Luft gehen?«, fragte mich Gerd.

»Oh ja gerne«, antwortete ich. »Ein paar Schritte werden nach dem feudalen Essen gut tun.«

»Ja machen sie ruhig einen Verdauungsspaziergang. Wir genehmigen uns derweil noch eine Flasche Wein«, sprachen die Herren.

Es war kühl draußen. Ich hackte mich in seinen Arm ein, legte meinen Kopf an seine Schulter und mein Herz fing vor unbändiger Freude an, zu klopfen. Ich genoss es, diesen Mann so wahrzunehmen, wie ich es mir wünschte.

Doch dann fiel ich in die Realität zurück, fragte mich, was ich hier eigentlich tue. Ich lehne hier an der Schulter eines wildfremden Menschen, den ich gerade einige Stunden zuvor kennengelernt hatte. Ich kenne nichts von ihm, weiß nicht, wer er ist und was er tut und doch gibt er mir das Gefühl, diese Zweisamkeit zu genießen.

Die optische Anziehung kann der Ausgangspunkt einer Beziehung darstellen. Daneben ist Persönlichkeit, Charakter, Ehrlichkeit, Humor oder Sex-Appeal wichtige Faktoren, die darüber entscheiden, ob zwei

Menschen zusammenpassen.

»Was für ein Tag«, unterbrach er die Stille.

»Ja«, antwortete ich, »was für ein Tag.«

»Schnee, Wasser, Schiffe und auch der Mond hat seine Arbeit aufgenommen.«

»Es ist alles so wunderschön«, sprach ich, schöpfte dabei tief Luft in mich hinein und stieß sie langsam wieder aus. »Einfach schön.«

»So schön wie du.«

»Flirtest du mit mir?«, fragte ich.

»Oh, nein, das würde ich mir nie erlauben.«

Ein Lügner, wie er im Buche steht, dachte ich mir. Sicherlich ist er ein Gigolo, der schon manche Frauen in Wallungen gebracht hatte. Doch wenn er den Casanova spielen will, dann werde ich Francesca Bruni spielen.

»Warum streitest du das ab, mir gefällt es. Es ist sehr faszinierend für eine verheiratete Frau, wenn sie noch attraktiv für andere Männer ist.«

»Aber ich …«

»Und findest du mich attraktiv, ja?«

»Ja schon, aber verstehe mich nicht verkehrt. Du bist so anders, als ich erwartet hatte, ich bin äh …«

»Völlig geplättet?«

»Du sagst es.«

»Oh wie schön.«

»Trotzdem, ich hätte es nicht sagen dürfen.«

»Ich glaub wir sollten langsam zurückgehen, erwähnte ich. Es ist schon spät und ich muss nach Hause zu meiner Familie.«

»Darf ich dich mal anrufen«, fragte Gerd.

»Selbstverständlich«, woraufhin ich ihm meine Telefonnummer aufschrieb und über der Eins, anstelle eines kleinen Kreises, ein kleines verkrüppeltes Herz schrieb.

Zurück im Restaurant verabschiedete ich mich von den Herren:

»Es tut mir leid, aber ich muss gehen. Es ist Weihnachten und die Familie wartet. Haben sie vielen Dank für den netten Tag und frohe Weihnachten.«

»Ich lass ihnen ein Taxi rufen.«

»Nicht nötig, ich hab es nicht so weit. Vielen Dank und auch dir Gerd, frohe Weihnachten und danke für das nette Gespräch.«

Er gab mir die Hand und wieder hatte ich

das Gefühl, als wenn Stromschläge durch meinen Körper schossen, die für den Bruchteil einer Sekunde mein Gehirn außer Gefecht legten und mich in Fieber versetzten, obwohl meine Temperatur normal ist. Es war wie das Kribbeln tausender Ameisen, die durch meinen Arm liefen oder als wenn jeder einzelne Finger mit viel Feingefühl in eine Steckdose eingeführt wurde.

»Ich würde dich gerne wiedersehen. Wie sieht es mit Freitag aus?«

»Äh, wie bitte?«

»Na ich dachte wir könnten uns Freitag noch mal sehen. Falls du es überhaupt willst …, dann würde ich dich abholen.«

»Und was hast du dann vor?«

»Naja, ich würde dich zu mir einladen. Normalerweise bin ich der schlechteste Koch der Welt, aber notfalls kannst du das Essen in deiner Handtasche verschwinden lassen. Oder wir müssen irgendwo hingehen.«

»Okay. Mit der ganzen Familie?«

»Hm, vielleicht fangen wir etwas kleiner an. Zu zweit?«

»Das kriegen wir hin.«

»Schön. Passt es dir um sechs?«

»Sechs Uhr wäre gut.«

»In Ordnung bis dann und frohe Weihnachten.«

Daraufhin ließ er dann endlich meine Hand los und ich konnte gehen. Aufmerksam hatten die drei Männer das Gespräch mitverfolgt und es schien offensichtlich, dass sie sich ihren Teil dabei dachten.

Mit leichter Verspätung traf ich dann bei meinen Eltern ein.

5. Es gibt Menschen, die einem das Gefühl geben, sie schon lange zu kennen

Es ist der erste Weihnachtstag. In Jogginghose und Schlabber-T-Shirt durchwandelte ich meine Wohnung. Meine Gedanken hafteten immer noch an den gestrigen Abend und ich fragte mich, in welchem Verhältnis Gerd zu den älteren Herren stand.

Enkel, Urenkel, Neffe, Großneffe, Urgroßneffe, Cousin, Großcousin, Urgroßcousin, Vetter zweiten Grade, dritten Grades, vierten Grades, Stiefkind, Adoptivkind oder Waisenkind? Angestellter, Buchhalter? Oder nur ein Bekannter? Er sah nicht so aus, als wenn er aus einem vermögenden Hause stammt, war auch irgendwie kein hochnäsiger Snob, der bereits mit jungen Jahren seine Rente vererbt bekam. Er war eher ein Mann auf Augenhöhe, der jemand gleichberechtigt behandelt.

Ich muss schon etwas verrückt sein, mich Hals über Kopf in jemanden zu vergucken, den man noch gar nicht kennt. Anderseits ist es ein schönes Gefühl, von jemand umworben zu werden.

Das Telefon klingelte.

»Na hast du Heiligabend schön verlebt«,

rief Susie fragend durch Telefon.

»Ich wurde gestern in eine Traumwelt entführt, von wohlhabenden Industriellen, von Villenbesitzer und Jachtkapitänen, von Menschen mit Lachfalten und schütterem grauen Haaren, die ich hätte, alle in die Wange knuffen können. Sie luden mich in eines der teuersten Restaurants ein.«

»Wie kommst du an solche Leute ran?«

»Ich war selbst erstaunt, wie schnell sie mir vertrauten. Doch eines hatte ich dabei gelernt, dass auch reiche Leute Liebe brauchen. Schließlich sind sie auch nur Menschen wie du und ich, zumindest einige.«

»Und wie hast du sie kennengelernt?«

»Das ist eine lange Geschichte«, und so fing ich an mein Erlebnis zu erzählen, was mit dem Finden des Portemonnaies anfing und bei Gerd aufhörte.

»Moment mal«, unterbrach mich Susie. »Bevor Reporter dich belagern, weil sie der Meinung sind, dass deine Geschichte ein besonderes Entertainment für die Zeitung ist, würde ich es lieber aus erster Hand hören. Man darf der Klatschpresse ja nicht alles glauben. Ich bin gleich bei dir.«

Es dauerte keine Viertelstunde, da klingelte es an der Tür. Ich öffnete und

Susie stand davor. Sie trug eine rote Weihnachtskappe mit Blinksternen am weißen Rand und einer Spirale, an der ein weißer Bommel angebracht war.

»Ho, Ho, Ho, ich habe gehört, dass mein Weihnachtswunsch in Erfüllung gegangen ist?«

»Komm rein«, sprach ich.

Wir setzten uns ins Wohnzimmer und sofort wollte Susie ihre bohrende Neugier stillen. Eine Tätigkeit, die als weibliche Eigenschaft angesehen wird und ganz besonders Susie betraf.

»Na erzähl!«

»Ja er ist nett.«

»Und ...?«

»Äh, was und?«

»Und hast du Interesse?«

Ich musste plötzlich an ihn denken, an das Gefühl, das er mir gab, als ich mich an ihn lehnte. Es gibt Menschen, die in unser Leben treten und uns eine Zeit lang ein Freund sind. Dann gibt es Menschen, wie Susie, mit denen man aufgewachsen ist und die man nicht vermissen möchte. Und dann gibt es solche Menschen wie Gerd, die einem vorher völlig unbekannt sind und einem das Gefühl geben, sie schon lange zu kennen.

Ich spreche irgendwie ungern über meine Gefühle, aber mir wurde klar, dass er mir mehr geworden ist als nur eine Bekanntschaft.

»Hallo sind wir noch da«, sprach Susie und wedelte mit der Hand vor meinem Gesicht.

»Entschuldigung ich war gerade abwesend, was hattest du gefragt?«

»Ob du Interesse hast, romantisches Interesse meine ich.«

»Warum, glaubst du er mag mich?«

»Warum hatte er denn gefragt, ob du dich am Freitag mit ihm treffen willst.«

»Susie, ich mach das nicht. Ich verabrede mich nicht mit ihm. Er denkt doch ich sei eine verheiratete Frau.«

»Wenn ich dich richtig verstanden habe, dann lebst du seit über einem Jahr in Scheidung, bist romantisch veranlagt, liebst Kerzenschein, Candle Light Dinner, rote Rosen, gefühlsbetonte Musik, Meer, Mond, Sonnenuntergang und hast keinen Mann dazu. Das findest du in Ordnung?«

»Ich hab doch meinen Teddybären.«

»Okay stimmt …, wenn man einen Teddybären hat, dann reicht das völlig aus.«

»Hör mal Susie, ich weiß das zu schätzen,

aber es ist alles in Ordnung, ich fühl mich wohl allein. Alleine leben ist mehr als in Ordnung für mich, nicht einfach nur ein Arrangement.«

»Das heißt doch nicht etwa, dass du keine Erwartung mehr an das Leben hast, oder? Jeden Tag erwartet man doch etwas. Das kann was Banales, alltägliches, unerwartetes, geplantes oder auch mal ruhig Langeweile sein.«

»Okay, okay, falls es noch mal einen Mann geben sollte, mit dem ich meine Erwartungen teilen könnte, dann ist es eben eine unerwartete Überraschung, über die ich mich dann freuen werde.«

»Ich hoffe das würdest du dem Weihnachtsmann nicht als Antwort geben, wenn er dich mal um Hilfe bitten würde.«

Das Telefon klingelte wieder mal und unterbrach Susie, die gerade dabei war mir heftig den Kopf zu waschen.

»Hallo«, meldete ich mich.

»Hier ist Gerd. Lust auf Essen?«

»Wann? Heute?«

»Klar, warum nicht. Ich hab keine Lust bis Freitag zu warten, um dich wiederzusehen.«

»Und wo gehen wir hin?«

»Ich dachte an ein Picknick.«

»Ich …, ich liebe … Picknick! Wo?«

»Vielleicht im Jenisch Park, wäre doch lustig.«

»Oh Klasse, ich liebe Parks.«

»Okay, ähm ich hole dich dann in einer Stunde ab. Das sind zweimal dreißig Minuten oder auch viermal eine Viertelstunde.«

»Klasse, ich freue mich.«

Ich legte auf, ging ins Wohnzimmer zurück, setzte mich, nippte an meinen Kaffee und dachte nach. Gedankenversunken sah ich liebevoll inszenierte Schneerutsch-Aktionen mit kindgerechten Slapsticks-Einlagen.

»Was war das denn eben«, fragte Susie und stieß mich dabei an.

»Es war wie Schneeflocken und Rodeln, wie vor dem Kamin liegen und träumen, wie Spaghetti-Eis in einer türkischen Sauna.«

»Oh, oh.«

»Was ist«, fragte ich Susie und sah sie erwartungsvoll an.

»Du Arme.«

»Wie, du Arme.«

»Du bist verliebt.«

»Wer, ich?«

»Siehst du noch jemand hier mit leuchtenden Augen herumlaufen, der wie ein Honigkuchenpferd grinst?«

Ich ignorierte die Tatsache, dass ich verliebt sein soll, lief aufgeregt hin und her und dachte darüber nach, was man anziehen könnte. Es ist kalt draußen und ein Picknick im Schnee kann romantisch aber auch frostig sein.

»Sei nicht so nervös«, sprach Susie. »Du triffst dich nur mit ihm im Park.«

»Ach ich weiß nicht.«

»Was weißt du nicht?«

Ich stand vorm Spiegel und bemusterte mich von oben bis unten. Das Wetter lässt im Moment einem nicht wirklich die Chance, sich besonders modisch zu kleiden. Das heißt, man muss sich hinter dicken, kuscheligen Pullovern verstecken.

»Es ist ein Date«, setzte ich meine Erläuterung fort.

»Nein es ist kein Date«, erwiderte Susie.

»Aber du wolltest doch, dass ich mich mit Männern verabrede.«

»Okay, es ist ein Date.«

Ich betrachtete mich weiter im Spiegel und überlegte, was man wohl am besten anziehen könnte.

»Ich sehe schon, ich muss dir helfen. Komm mal her, du bist bei mir an der richtigen Adresse.«

Sie fing an mich zu schminken, und als ich nach einer Weile ich den Spiegel schaute, sprach ich:

»Du machst eine Lady Gaga aus mir.«

»Quatsch erzähl kein Blödsinn.«

»Doch! Mit dem Grün sehe ich radioaktiv aus.«

»Entspann dich, fühl dich einfach frei.«

Wie eine Mutter, die es als ihren Job ansieht, sich um das Wohlergehen ihres Kindes zu kümmern, holte Susie anschließend ein Kleidungsstück nach dem anderen aus dem Schrank und passte es mir an.

Für die Eltern werden wir immer die Kinder sein und egal ob wir unter zehn oder über vierzig sind. Sie packen Lebensmittelpakete zusammen nach dem Motto: Ich hatte da noch so viel in der Tiefkühltruhe und dachte, dann musst du nicht mehr einkaufen gehen. Oder sie schenken Dinge, die man gar nicht möchte, weil sie glauben, besser zu wissen, was gut für einen ist, zum Beispiel Angora-Unterwäsche, Eierkocher oder noch mehr Glasschüsseln. Dass ich erwachsen geworden bin, hatte ich das erste Mal daran bemerkt, dass mein Kinderzimmer plötzlich Gästezimmer hieß.

»Wie hast du eigentlich gewusst, dass deiner der Richtige war«, fragte ich Susie als wir endlich mit der ankleide fertig waren und ich bereits bei dem Anblick des grob gestrickten Norwegerpullovers ins Schwitzen kam.

»Ich hab mich Hals über Kopf in ihn verliebt und bin es heute noch. Obwohl …, es gab Momente …, da …, da hab ich gewusst, ich will mit ihm alt und grau werden.«

»Wow«, fiel mir dazu nur ein. »Gleich wird Gerd kommen. Du kannst ruhig hier bleiben, wenn du willst.«

»Ich fahr auch gleich nach Hause. Mein Dickerchen wartet bestimmt schon. Und wegen deinem verheiratet sein, da lass dir mal was Schönes einfallen.«

Kaum ausgesprochen klingelte es an der Tür. Tief atmete ich durch, öffnete die Tür und da stand er.

»Das Taxi zum Frischluft Imbiss mit der besonderen Form der Freizeit-Gemütlichkeit steht zu Abfahrt bereit.«

Susie drängelte sich zur Tür hinaus und begrüßte Gerd erstmal mit Handschlag.

»Hallo ich bin Susie, Evas beste Freundin.«

Damit war vorerst die pure Neugier nach der äußerlichen Erscheinung gestillt. Sie drehte sich um, küsste mich auf beide Wangen und verabschiedete sich:

»Viel Spaß ihr beiden und frohe Weihnachten noch.«

Ich zog mir den Mantel über, einen Schal, dicke Handschuhe und wir konnten los.

6. Es war schön zu erfahren, wie es ist, wieder von einem Mann im Arm gehalten zu werden

In der Nebenstraße direkt am Eingang Holztwiete parkten wir. Wie ein Kavalier der alten Schule lief er ums Auto herum, um mir die Tür zu öffnen. Ich war aufgeregt und hoffte, dass ich nicht zu schnell frieren werde und damit dieses Stelldichein nicht vorzeitig beendet werden müsste.

Vorzeitig beenden? Aber was erwarte ich von so einem … hm … Date? Gehören da nicht Schmetterlinge zu? Oder reicht auch ein gutes Gespräch und Sympathie? Muss ich mir sofort darüber im Klaren sein, ob ich mir eine Beziehung mit ihm vorstellen könnte? Nun meine Schmetterlinge mutieren so langsam zu Flugzeugen und Sympathie, sie ist was positiv Wertendes und bezeichnet eine emotionale Beziehung zu einem Menschen.

Er öffnete den Kofferraum, holte einen Schlitten heraus, belud ihn mit einem prall gefüllten Korb sowie mit zwei dicken Wolldecken.

Wir gingen zu Eierhütte. Sie ist eine Holzhütte zwischen Wiese und Wald und verdankt ihren volksmündlichen Namen der ovalen Fenster-Aussparungen. Drinnen an drei Seiten Sitzbänke. Der Schlitten diente als Tisch. Nachdem mir Gerd die Wolldecke umgelegt hatte, ich mich darin einkuscheln konnte, fing er an den Korb langsam auszupacken.

Er holte eine Thermoskanne heraus, schraubte die zwei Trinkbecher ab, holte eine Flasche Amaretto aus dem Korb und goss jeweils ein Schluck davon in die Becher hinein. Danach füllte er sie mit heißem dampfendem Kakao auf.

»Hier«, sprach er und gab mir einen Becher. »Er wärmt die eingefrorenen Gliedmaßen und heizt von innen auf.«

Ich nahm den Becher in beide Hände und spürte, wie die Wärme durch meine Handschuhe zog. Als ich daran nippte, stieg mir der süßliche mandelartige Geruch, vermischt mit dem typischen aromatischen Kakaoduft, in die Nase. Ein wohltuender Geruch wie von Bratapfel mit Zimt und Zucker, wie von Tanne, Nelke, Vanille, der in mir Kindheitserinnerungen erweckte.

»Wie kommt man auf die scheinheilige Idee, ein Picknick im Winter zu machen«, fragte ich.

»Es sollte was Besonderes sein, für eine besondere Frau.«

»Danke«, antwortete ich etwas verschämt. »Sag mal, im welchem Verhältnis, stehst du zu den Herren von gestern?«

»In keinem. Ich kenne sie genauso lange wie du. Ich hatte nämlich auch ein Portemonnaie gefunden, in dem Geld war und auch ich war so ehrlich, es zurückzubringen. Ich glaub das war so eine Masche von denen, um eine gute Tat zu vollbringen. Ich mag solche Menschen, die einen mehr, die anderen weniger.«

»Aber es gibt doch bestimmt jemanden, den du mehr magst als die anderen.«

Er holte zwei drall in Stanniolpapier eingewickelte Produkte aus dem Korb, wickelte sie aus und der wohlriechende Duft von gebratener Entenbrust erfüllte den Raum. Zwei weitere in Stanniol eingewickelte Köstlichkeiten kamen zum Vorschein, gedünsteter Rosenkohl und geröstete Kartoffelecken. Er formte die Stanniolfolien jeweils zu viereckigen Schüsseln, indem er die Seiten hochstellte und die Enden umknickte. Danach faltete er die Servietten zu einem Fächern.

Ein Kofferradio fand seinen Platz auf dem Fußboden und eine CD mit populären Weihnachtsliedern erklang. Freudig sang ich mit:

"Feliz Navidad, Feliz Navidad,
Feliz Navidad Prospero ano y Felicidad.
I wanna wish you a Merry Christmas,

I wanna wish you a Merry Christmas,
I wanna wish you a Merry Christmas
from the bottom of my heart."

Er hatte eine tolle CD zusammengestellt, mit vielen Klassikern wie "Friede der Welt" von Michelle, "Ein neuer König" von Christian Anders, Silent Night von Stevie Nicks, Christmas Vacation von Mable Staples und viele mehr.

Ein Festmahl für null auf hundert ambitionierte und für temperamentvolle Gourmets oder Gourmands.

»Leider müssen wir dieses ausgesprochen kulinarische Dinner ohne Verwendung von Besteck genießen. Mit anderen Worten, wir müssen den Essgewohnheiten unserer Vorfahren realitätsnah nachempfinden. Ich hab nämlich Messer und Gabel vergessen.«

»Das macht nichts.«

»Und um zu deiner ursprünglichen Frage zurückzukommen, die könnte ich mit "Ja" beantworten.«

»Ist es eine Frau?«, fragte ich vorsichtig an.

»Ja.«

»Bist du verliebt?«

»Sagen wir …, in gewisser Weise schon.«

»Ich welcher Weise?«

»Tja weißt du, ich bin ja sehr beeindruckt von dieser Person. Sie ist der prächtigste Mensch, den ich je begegnet bin.«

»Und?«

»Sie ist verheiratet.«

»Oh. Kennst du sie schon lange?«

»Nein, erst seit Kurzem.«

»Wie kurz?«

»Warum interessiert dich das?«

»Nur so. Hast … du … schon mal … vom Status getrennt lebend gehört? Das sind Ehepaare, die in keiner häuslichen Gemeinschaft leben, Mensa et toro, wenn du weißt, was ich meine. Manche lassen sich auf Rücksicht pubertierender Kinder nicht scheiden oder aus wirtschaftlichen Gründen, andere sind einfach zu bequem, den Anwalt ihres Vertrauens aufzusuchen. Wenn sie ein interessanter Mensch für dich ist, dann musst du nicht unbedingt wie ein Schwarz-Weiß-Modus funktionieren.«

Herzhaft biss ich von der Keule ab. Sie war saftig und geschmackvoll, nur die Haut hat ihre Knusprigkeit verloren. Sie pappte an der Folie. Dennoch war sie gelungen und äußerst lecker. Und auch der Rosenkohl mit gut dosierter Muskatnuss und die Kartoffelecken waren auf den Punkt gebracht. So ein Lügner, dachte ich mir, kann angeblich nicht kochen!

»Meinst du«, fragte er nach geraumer Zeit, als wenn er erst lange über den Schwarz-Weiß-Modus nachdenken musste.

»Meinte ich! Aber erzähl mal was von dir. Gestern hast du mich so ausgefragt, dass ich dachte, ich wäre bei einem Verhör.«

»Das war nicht meine Absicht. Ich werde dir mal eine Geschichte erzählen. Es war einmal ein kleiner Junge, der lebte fernab in einem verschneiten Land. Er bastelte gerne Sachen aus Holz und verschenkte sie. Eigentlich war er glücklich, alles war perfekt. Es war wie Weihnachten an jedem Tag des Jahres.«

»Und was passierte dann?«

»Nun als der Junge größer wurde, stellte er fest, dass er anders war als all die anderen Kinder. Er wurde von den Jungs bestohlen und von den Mädchen ausgenommen. So brach er den Kontakt zu ihnen ab, und als er erwachsen war, zog er fort.«

»Wohin ging er denn?«

»Sein Job als Außendienstmitarbeiter brachte ihn in viele Städte und er suchte nach einem Ort, der sich nach einem Zuhause anfühlen würde. Aber je länger er suchte, desto weniger glaubte er den Ort zu finden, zudem er gehörte.«

»Hat er ihn gefunden?«, fragte ich.

»Nein, er sucht noch heute.«

»Die Geschichte braucht ein Happy End.«

»Ja! Wenn wir uns das nächste Mal sehen, kannst du mir helfen, ein Happy End zu finden.«

»Dann wird es also ein nächstes Mal geben?«

»Warum nicht. Auch wenn du verheiratet bist, kann man sich verabreden. Man muss ja nicht miteinander was haben. Oder?«

Er schaute mir tief in die Augen und ich spürte diese innerliche Zufriedenheit. Es war die Sonne, die er in mein Herz zauberte und der Blick, der mir zeigte, dass ich gemocht wurde. Ich genieße das Gefühl, seine Nähe zu spüren.

Langsam kam er mir näher, umschloss mit seinen warmen Händen mein Gesicht und behutsam berührten sich unsere Lippen. Langsam öffneten sich unsere Münder und vorsichtig wagten sich die Zungen in das unbekannte Gebiet.

Wie ein Feuerwerk der Gefühle, das man nie beherrschen kann, aber dessen Faszination tief im Unterbewusstsein verankert ist, berührte dieser Kuss die Sinne und Seele. Intensive Emotionen spiegelten sich wider, die das funkelnde Farb- und Lichtspiel im Herzen auslösten und innerhalb weniger Augenblicke eine magische Atmosphäre schafften.

Rubinrote, smaragdgrüne, saphirblaue Kometen fielen vom Himmel, silberne Glitzerranken explodierten zu diesem Zeitpunkt, entzündeten Flammen der Leidenschaft. Eine Berührung wie ein Funkenschlag, eine Bewegung wie ein explodierender Feuertopf und eine Erregung wie ein hoch sprühender Vulkanausbruch. Es war wie ein Traum, in dem himmlische Geigen erklangen.

»Oh, sprach er anschließend. Es tut mir leid … Ich weiß nicht …, ich weiß nicht, wieso ich das eben getan habe …, ich …, ich weiß schon, warum ich das getan habe, aber es ist … es war unangebracht … tut mir leid.«

»Was tut dir leid?«

»Nun, du bist eine verheiratete Frau, da darf man so was nicht machen.«

»Stimmt eine verheiratete Frau, die im Status getrennt lebend lebt und zu bequem ist, ihren Anwalt des Vertrauens aufzusuchen, um diesen Status zu ändern, da darf man so was nicht machen, oder?«

»Wow, du …, du bist gar nicht …«

»Tu nicht so, als hättest du das nicht längst bemerkt.«

»Du hast recht. Vom ersten Augenblick an habe ich es gewusst. Eine Frau wie du würde nicht alleine im Park spazieren gehen, wenn sie eine glückliche Ehe führen würde.«

»Stimmt! Und warum nimmst du mich jetzt nicht wieder in die Arme, du Spitzbube.«

Wieder entbrannte das Feuer der sprudelnden ungestümen Leidenschaft in mir, eine sinnliche Sturmflut der Gefühle, als unsere Lippen sich berührten und es ist wundervoll zu wissen, dass er da ist.

Wir standen vor der Hütte, blickten weit über den Park zu den Terminals mit den gewaltigen, überdimensionalen Verladeeinheiten auf schienengebunden Transportanlagen, die als Arbeitshilfe für besonders schwere Objekte dienen, wie zum Beispiel das Beladen riesiger Containerschiffe.

Sicherlich sind Luxusdampfer wie die Queen Mary 2 beeindruckender, doch die größten Schiffe, die hier einlaufen, sind nun mal Containerschiffe. Schiffe mit einer Länge von fast vierhundert Metern und einer Breite von fünfzig Metern. Sie sind die wahren Giganten dieses Hafens.

Als Gerd seinen Arm um meine Schulter

legte, bette ich vertrauensvoll meinen Kopf an seiner Schulter. Ich konnte das Glück kaum fassen, dass ich im Moment fühlte. Eng aneinander gekuschelt schauten wir hinunter aufs Wasser, beobachteten die Fähren, die Personen von einer Anlegestelle zu anderen befördern.

»Komm lass uns einen Schneemann bauen«, unterbrach er die verträumte Stille. »Wir veranstalten einen Wettbewerb. Wer das skurrilste Schneemonster baut, hat gewonnen.«

»Okay. Und was kriegt der Gewinner?«

»Wenn du gewinnst, darfst du mich morgen zum Essen einladen. Wenn ich gewinne, mach ich, dass ich Land gewinne.«

»Oh du Schweinehund«, rief ich, bückte mich, knete einen Schneeball und warf. Bevor er überhaupt realisieren konnte, was geschah, traf ihn der Schneeball mitten ins Gesicht. Batsch klang es und der Ball dehnte sich nach allen Seiten wie eine aufgewirbelte Staubwolke aus.

Erstarrt stand der da und fiel im gleichen Moment rückwärts in den Schnee.

»Oh Gott«, sprach ich zu mir, hielt meine Hand vor dem Mund und dachte darüber nach, ob ich den Ball zu doll gepresst hatte. Kniend vor ihm, schüttelte ich ihn an der Schulter, klopfte mit der Außenseite der

Hand gegen seine Wange und sprach:

»Wach auf, ich hab das nicht so gemeint.«

Dann fegte ich mit den Fingerspitzen den Schnee aus seinem Gesicht, was ihn offenbar kitzelte, denn er verzog plötzlich seine Mimik und fing so langsam an zu grinsen.

»Eigentlich kommt an dieser Stelle immer eine Mund-zu-Mund-Beatmung als lebensrettende Sofortmaßnahme«, sprach er mit höhnender Stimme.

»Oh du verdammter Kerl«, knurrte ich ihn an. »Ich hatte Angst, dir was getan zu haben.«

»Angst um mich«, wiederholte er meine Worte, zog mich ganz dicht an sich und fing an sich mit mir im Schnee zu wälzen.

Es war ein schöner Tag, an dem ich ihn richtig erleben konnte und erfahren durfte, wie es ist, wieder von einem Mann im Arm gehalten zu werden und es wurde mir klar, dass es so richtig war.

7. Dann folgte ein Kuss, der die ganze Welt um mich herum schwinden ließ

Am nächsten Morgen war es noch dunkel, als ich aufstand. Eigentlich wurde es den ganzen Tag nicht hell. Die Temperaturen stiegen etwas an, der Schnee schmolz so langsam vor sich hin und verwandelte die Straßen in eine Matschlandschaft, die glänzte und den Rinnstein ungeduldig füllte.

Das Telefon klingelte und wer kann es schon sein, der vor übertriebener Neugier am Platzen war, der seine Nase ständig in fremde Angelegenheiten steckt, seinen Senf dazugibt, wie ein Blinder von der Farbe redet und sich keine Worte verkneifen kann? Susie!

»Wie war dein Date gestern«, wollte sie wissen.

»Du es war ein Traum. Wir haben tatsächlich gepicknickt. Er hatte Lumumba, Entenbrust, Rosenkohl und Kartoffelecken mitgebracht. Nur das Besteck hatte er vergessen und so hatten wir nach dem Motto: Zurück zur Natur, unter freien Himmel ohne Besteck gespeist. Es war einfach traumhaft.«

Ich erzählte ihr alles bis ins kleinste Detail, von der Wolldecke, dem verheirateten Sein und dem getrennt leben.

Von dem schmackhaften Essen, von dem romantischen Kuss mit einer - in Anführungsstrichen - verheirateten Frau und dem Schneeball der ihn traf, von dem Umfallen und dem wälzen im Schnee.

»Ja wir hatten noch Schneemänner gebaut und meine Kreativität ließ doch zu wünschen übrig. Ich verlor den Wettbewerb und ließ mich heute dafür zu einer Schlittenfahrt überreden.«

»Wow …«, sagte Susie. »Süße ich freue mich so für dich.«

»Ja ich mich auch.«

»Und hast du dir das überlegt?«

»Was?«

»Na Essen heute Abend bei mir. Dirk bringt seinen Arbeitskollegen mit.«

»Ne das mach ich nicht.«

»Du hast es mir versprochen.«

»Ich hab es dir nicht versprochen.«

»Naja, vielleicht ein bisschen versprochen, so ein klitzekleines bisschen, mehr indirekt! Du kannst mich jetzt nicht im Stich lassen. Ich kann ihn doch jetzt nicht einfach ausladen. Schau ihn dir wenigstens an, du musst ihn ja nicht gleich heiraten. Aber vergleichen kannst du doch.«

»Ach so, wer die Wahl hat, hat die Qual.«

Ich willigte ein, schließlich ist Susie meine beste Freundin und sie meint es ja nur gut mit mir. Außerdem erspare ich mir das Kochen und Kochen …, das kann Susie.

Ich machte mich schnellstens fertig, denn Gerd wird jeden Moment ankommen und kaum war ich fertig, klingelte es auch schon an der Tür.

Er öffnete mir die Wagentür, ließ mich einsteigen, schloss sie leise hinter mir und stieg selber ein. Der Motor schnurrte sanft, die Armaturen leuchteten und leise Musik ertönte aus den Lautsprechern.

»Ich hab heute nicht so viel Zeit, bin mit meiner Freundin heute Abend verabredet.«

»Okay, dann werde ich heute Abend mal wieder die Gelegenheit nutzen meine Wände anstarren, ich hab ja schließlich genügend davon.«

»Wo geht die Fahrt hin«, fragte ich.

»Wir wollten doch rodeln. Las dich überraschen.«

Er fuhr in ein naheliegendes Erholungsgebiet mit einer Hügellandschaft, dessen Erhebungen mit stolzen Höhen von über hundert Metern trotzten.

An einen der zahlreichen Parkplätze

hielten wir an. Sie waren recht leer. Kein Wunder. Wer um diese Uhrzeit nicht beim traditionellen Mittagessen ist, der genießt gerade sein Spätaufsteherfrühstück. Als ich ausstieg, schaute ich auf den Boden und meinte:

»Ich hätte wohl eher Gummistiefel anziehen sollen, bei dem Matsch.«

»Das hatte ich mir schon gedacht, dass du Lederschuhe trägst«, antwortete er und ging zum Kofferraum.

»Du hast doch wohl nicht etwa Gummistiefel im Auto, oder?«

»Gummi schon, aber keine Stiefel.«

Er holte ein kleines Schlauchboot aus dem Kofferraum und legte es auf den Boden.

»Meinst du, dass wir beide darein passen?«

»Wieso wir beide? Für dich habe ich hier …«, er beugte sich in den Kofferraum, holte was heraus und sprach weiter:

»… Einen Karton.«

»Oh du bist so was von gemein«, entrüstete ich mich. Dabei bullerte ich mit der Faust auf seinen Oberarm.

»Au, das tut weh«, schrie er.

»Du willst mich immer nur ärgern.«

»Nein, nie, nimmer, nicht.«

Er hielt mir den Karton hin und meinte:

»Mit diesem Pappkarton-Schlitten habe ich bei der Wok-WM 1979 den zweiten Platz gemacht und in Innsbruck bin ich hockend die Skiweitsprungschanze herunter gefahren. Über hundert Meter bin ich durch die Luft geflogen.«

Ich schaute ihn etwas unglaubwürdig an, hob die Augenbrauen, lies einen Mundwickel nach oben zeigen und grinste ein wenig dabei.

»Du glaubst mir nicht? Hier …«, er zeigte mit den Fingern auf die Stellen, wo einst mal ein Klebestreifen den Karton zusammenhielt.

»Hier erkennt man noch deutlich die Spuren des letzten Rennens.«

»Willst du mich auf den Arm nehmen?«

Er kam auf mich zu, nahm mich auf, nein in den Arm und sprach:

»Auch der schwächste Mann ist immer noch stark genug, eine Frau auf den Arm zu nehmen. Nein Scherz beiseite. Ich hatte mir nur gedacht, da sich der Schnee zu Matsch entwickelte, wäre eine Bootsfahrt angebrachter.

Wenn wir dann auf schwerer See, mit den Wellenbewegungen den Berg herunter brettern, es uns vor Schüttelfrost erkaltet, der Magen sich auf dem Kopf stellt, eine Mischung aus Delirium und starkem Juckreiz über uns hereinfällt, dann wissen wir, dass jeden Moment etwas passieren wird. Wenn dann der Matsch am Bug, wie die weiße Gischt bei starkem Wind aufgewühlt wird und das Gemisch aus Wasser und Schnee einen feinen Sprühnebel erzeugt, dann ...«,

»Dann?«, fragte ich.

»... Dann können wir von Glück sagen, wenn unsere Füße trocken bleiben.«

Es war schon lustig mit so einem Schlauchboot den Berg hinunter zu rodeln, zumal es sich in keiner Weise lenken ließ. Eng und eingezwängt saßen wir auf den kalten Plastikboden, eingeschlossen von prallen Seitenwülsten und schlitterten spiralförmig rotierend nach unten. Schreie erklangen aus den Kehlen, Freudenschreie, die sich wie verzweifelte todesängstliche Hilferufe anhörten, doch Gerd hatte seine Arme beschützend um mich gelegt. Ja es ist schon schön, alles herauszulassen, was die Liebe so mit sich bringt, grundlos herumzualbern, hemmungslos zu küssen, sich einfach mal wie Kinder zu benehmen. Ich fühle mich geborgen bei ihm. Er schenkt mir so viel Kraft, innere Ruhe und Vertrauen.

»Alles in Ordnung«, fragte er mich, als

wir unten am Hang ankamen.

»Ja. Machen wir es noch mal?«

»Na klar, aber diesmal wird es noch schneller.«

Das Fieber hatte mich gepackt und ich wollte gar nicht mehr aufhören, den Hügel im Schlauchboot herunterzusausen. Der Hügel war in seiner Form und Beschaffenheit geradezu prädestiniert für eine Rodelbahn, nicht zu steil, nicht zu flach und reichlich Schnee oder auch Matsch.

»Oh ich kann nicht mehr«, bemerkte ich etwas außer Atem gekommen und bat um eine Pause. »Ich bin jetzt total durchgefroren.«

»Aber das hab ich doch gern getan«, protzte Gerd.

»Danke.«

»Ich hab was zum Essen mit«, sprach Gerd, als wir Richtung Auto gingen. Er holte eine Isoliertasche heraus und sprach:

»Ich hab mir gedacht Chinesisch mag jeder. Also es gibt zweimal gebratenes Rindfleisch, geröstete Ente Szechuan Art, Schweinefleisch süßsauer und Bratnudeln mit Gemüse. Da ich nicht weiß, was du gerne isst, hab ich alle Gerichte gekauft. Wir müssen uns nur beeilen, bevor sie ganz und gar kalt sind. Zu trinken hab ich auch.

Wasser, Cola, Apfelschorle und O-Saft.«

Er hatte das Essen in einer Thermobox verbracht, die über den Zigarettenanzünder mit Strom versorgt und so warm gehalten wurde.

»Bist du immer so gut ausgestattet, wenn du mal eben kurz um die Ecke zum Rodeln gehst?«

»Nein, nicht immer. Möchtest du ein Wasser?«

»Nein!«

»Cola, Apfelschorle?«

»Nein!«

»Paar an Hals?«

»Nein!«

»Sagst du grundsätzlich zu allem Nein?«

Ich überlegte, ließ meine Augen von links über meine Augenbrauen nach rechts wandern und antwortete:

»Nein!«

»Aha!«

»Naja, dann nehme ich den O-Saft und dazu die Ente.«

»Wow, was für eine Entschlussfähigkeit«, bemerkte er und öffnete die Deckel der einzelnen Aluminiumschalen. Dabei brüstete er sich noch:

»Diesmal hab ich sogar an Besteck gedacht«,

»Wow, was für eine Entschlussfähigkeit«, bemerkte ich daraufhin.

Zwischendurch schaute ich auf die Uhr und dachte daran, dass ich noch zu Susie müsste, dass ich wegen einer dummen Gefälligkeit diesen wundervollen Tag unterbrechen müsste. Gerd sah, wie mein Blick auf der Armbanduhr verharrte und sprach:

»Oh du musst los, esse ich zu langsam?«

»Nein, nein, ich habe noch Zeit. Wie ist dein Essen?«

»Hm, ist nicht mehr so heiß, aber sonst lecker.«

Es war wieder ein herrlicher Tag. Schmetterlinge, die einst zu Fossilien aus wilder Urzeit erstarrt waren, mutierten zu Hurrikans und versuchten durch meine Bauchdecke nach draußen zu dringen. Stark und sanft zugleich zog er mich an sich. In diesem Moment konnte ich mir keinen schöneren Platz auf Erden vorstellen, als in seinen Armen zu liegen, seinen Atem und seinem Herzschlag zu lauschen und einfach das Gefühl zu genießen, seine Nähe zu spüren.

Irgendwann wurde es dann Zeit. Er fuhr mich nach Hause und ein sinniger Kuss, der so warm und herzlich war, das bei mir die Glückshormone anfingen verrückt zu spielen, vollendete diesen auserlesenen Tag. Zärtlich hielt er mich in dem Arm, gab mir noch einen hauchzarten Kuss auf den Hals, was sofort zu einer prickelnden Gänsehaut führte und flüsterte mir ins Ohr:

»Ich mag dich!«

Dann folgte ein Kuss, der die Intimität und die innere Verbindung widerspiegelte und die ganze Welt um mich herum schwinden ließ. Ich bekam weiche Knie und schmolz wie Wachs in seinen Armen.

»Ich würde am liebsten bei dir bleiben«, flüsterte ich ihm zu, worauf er antwortete:

»Ich möchte ja auch immer bei dir sein, aber man muss auch seinen Verpflichtungen nachkommen. Du hast dich mit deiner Freundin verabredet und darfst sie nicht enttäuschen.

Einen Freund zu haben ist wichtig, der seine Arme weit ausbreitet und immer ein Lächeln auf den Lippen hat; der einem willkommen heißt und sich freut, einen zu sehen. Und allein durch diese Geste weißt man, dass man seinen treuen Freund niemals verloren hat. Freundschaft ist ein Gefühl, das einfach da ist, egal, in welcher

Situation man sich gerade befindet.«

»Du hast recht. Susie ist eine sehr gute Freundin für mich.«

»Morgen muss ich arbeiten, aber wir sehen uns am Abend. Ich rufe dich nachher noch mal an. Okay?«

»Hm, hm, Okay.«

Während ich ins Haus ging, hauchte er mir abermals die Worte zu:

»Ich mag dich.«

»Ich mag dich auch«, hauchte ich zurück und pustete ihm gleichzeitig von meinen Lippen über die Handfläche einen Luftkuss zu.

8. Zwischen uns beiden war es wie ein Feuerwerk

Zuhause musste ich erstmal seine Worte realisieren. Er mag mich, was kann mir Schöneres passieren. Ich fühle mich wohl, mir geht es saugut. Seit drei Tagen schwebe ich durch meinen Flur, als wenn ich unter meinem Bett auf eine Goldmine gestoßen wäre. Es ist einfach großartig, mit ihm zu necken und herumzualbern. Gespräche mit ihm sind von so einer Vielfältigkeit geprägt, mal tiefgründig, mal lustig, mal heiter. Und dann die Minuten, in denen die Stille zwischen uns herrscht, aber niemals ganz. Es sind Momente, die es keiner Worte bedarf, denn auch durch unsere Blicke und Gesten konnten wir uns Geschichten erzählen.

Weihnachten ist nicht lange, aber es waren die tollsten Tage für mich, da draußen eine ganze Welt voller Liebe zu erleben, hervorgerufen durch einen Mann, der mich verehrt.

Ich sehe aus dem Wohnzimmerfenster über die breite schneebedeckte Rasenfläche, beobachte eine Herde Rehe, wie sie im hohen Schnee nach Nahrung suchen. Es ist wie die Ansichtskarte einer Winterlandschaft mit Wald und Sonnenuntergang. Im Kamin knistern große Zedernholzscheite und in der

Küche schmort mein Kalbskotelett á la Nevasca auf dem Herd.

Das Telefon klingelte und riss mich aus meiner Illusion.

»Wo bleibst du«, rief Susie ins Telefon.

»Oh, schon so spät. Ich ziehe mich nur kurz um und dann bin ich da.«

»Beeil dich, das Essen ist fertig.«

Ich legte auf und dachte: Essen? Habe doch gerade gegessen. Ich genieße noch dieses zweite winterliche Picknick, auch wenn das Essen nicht mehr ganz warm war. Und nun bin ich satt und möchte dieses kulinarische Erlebnis auch nicht mit irgendwelchen gewöhnlichen Mahlzeiten übertünchen.

Schnell duschte ich, zog mir was Adrettes an und fuhr los.

Mir wurde ein Mann mit dem Namen Michael vorgestellt, der durch seine Wesensart eine männliche Ausstrahlung entwickelte. Eigentlich sehen sie doch alle von Natur wie Männer aus, oder? Manche stechen durch einen ausgeprägten Bierbauch hervor, in dem man einen Kleinwagen parken könnte, andere jagen einem Trend hinterher, weil bei H&M gerade mal mit David Beckham Unterwäsche geworben wurde.

Ich aß kaum etwas, musste immer zu an Gerd denken, der sich mit einer bewundernswerten Art in mein Herz geschlichen hat. Man ist mit dem Herzen immer bei den jeweiligen anderen, ganz gleich wo er und wo ich mich befinde.

»Du isst wohl wenig«, sprach Michael zu mir.

»Nein, ich esse eigentlich viel. Aber im Moment bin ich auf Diät.«

»Du, bei deiner Figur? Da lässt sich doch nichts verbessern, … wenn ich das so bemerken darf.«

»Das liegt daran, dass ich aufpasse.«

»Ja wenn das so ist, dann mache ich mit. Mir kann es auch nicht schaden ein paar Gramm abzuspecken, nicht wahr mein Darling.«

»Oh nein, oh nein, las dich nicht von mir verleiten.«

»Geteiltes Leid ist halbes Leid. Wir könnten ja von Luft und Liebe leben. Wir können auch die Luft weglassen, ja was gibt es Schöneres, als vor Liebe zu sterben.

Sie ist ein mächtiges Gefühl, erwachsen aus einer inneren Haltung tiefer positiver Verbundenheit zu einer Person, die den reinen Zweck einer zwischenmenschlichen Beziehung übersteigt und sich meist durch eine tätige Zuwendung zum anderen ausdrückt. Im engeren Sinne steht der Begriff Liebe für ein Höchstmaß an Zuneigung, die ein Mensch zu empfinden vermag.«

Was für ein schleimender Kotzbrocken dachte ich mir. Nur weil seine Tage lang und Frauenarm sind und sein Testosteronspiegel steigt, müssen seine Fantasien nicht dahin avancieren, mich in scharfen Dessous zu sehen und dabei mit offenem Mund zu sabbern wie ein kleines Kind. Es ist ein typischer Reflex, der immer dann einsetzt, wenn da etwas ist, was der Mann nie haben wird.

Glücklicherweise klingelte gerade mein Handy. Ich nahm es aus meiner Tasche, klappte es auf und meldete mich:

»Ja?«

»Hier ist der Junge, der auf ein Mädchen steht, und bittet es lieben zu dürfen«, sprach Gerd am anderen Ende der Leitung.

»Aha.«

»Was hältst du morgen von Kino oder Schlittschuhlaufen?«

»Hä?«

»Kino. Das sind diese Säle mit den hoch gepolsterten Sitzflächen, in denen auf riesigen Flächen Filme projiziert werden und beim Schlittschuhlaufen, da trägt man Schuhe mit Kufen, rennt im Kreis umher und erinnert sich ständig an die Erlebnisse in der Krabbelgruppe.«

»Äh, nein!«

»Nein? Nein zu Kino oder nein zu Schlittschuhlaufen oder ist es die weibliche Form von Nein, die wir Männer als ja verstehen?«

»Ich kann im Moment nicht so frei sprechen«, flüsterte ich ins Telefon. »Ich ruf in einer Stunde zurück.«

»In genau einer Stunde? Bist du pünktlich?«

»Ich bin immer pünktlich«, sprach ich noch und klappte mein Handy zu. Verlegen schaute ich die anderen an und legte dabei ein breites spöttisches Grinsen auf. Ein Grinsen wie ein debiles Honigkuchenpferd, als wenn jemand gerade gegen eine Glastür gelaufen ist.

»Darling wollen wir nicht langsam loslegen, ohne uns zu belügen«, fragte mich Michael.

»Loslegen? Womit?«

»Na mit dem besser kennenlernen. Möchtest du noch ein Glas Wein Darling, ist mein Lieblingswein. Ich finde, ich hab einen ziemlich guten Geschmack, also ich meine nicht nur bei Wein, ganz generell.«

»Nein danke für mich nichts mehr zum Trinken. Ich muss gleich nach Hause, muss morgen sehr, sehr früh aufstehen.«

»Dann lass mich dir noch sagen, dass ich dich vollkommen bewundere, ganz ehrlich. Du bist für mich die wunderschönste Frau auf der ganzen Welt und ich bin mir ziemlich sicher und das schon, als ich dich das erste Mal sah, dass wir füreinander bestimmt sind. Was sagst du dazu?«

»Oh …, äh …, dass ich ein Glückspilz bin?«

Ich stand darauf auf und ging in die Küche. Susie war gerade dabei, das Geschirr in den Spüler einzuräumen.

»Na«, erkundigte sie sich, »alles in Ordnung?

»Mhm.«

»Und wie findest du ihn? Würdest du den von der Bettkante stoßen?«

»Der ist nicht mein Typ.«

»Zu gut aussehend oder zu gut situiert?«

»Zu perfekt!«

»Er würde dich auf Händen tragen.«

»Danke, ich gehe lieber zu Fuß. Außerdem bin ich nicht auf der Suche.«

»Nein? Wirklich nicht?«

»Nein! Außerdem scheint er öfters Eau de Toilette als Seife zu nehmen, kaut mit offenem Mund und nannte mich den ganzen Abend Darling. Wo gabelst du eigentlich nur solche Typen auf?«

»Aber er ist doch nicht der Schlechteste, du könntest dich doch wenigstens mal mit ihm verabreden.«

»Ach nein. Soll ich dir die Gründe aufzählen? Nummer eins, er ist nicht mein Typ. Nummer zwei, er ist verwitwet und seine Frau war eine Heilige. Nummer drei, er hat ein Kleinkind. Aus dem Alter der Kindererziehung bin ich draußen und möchte mein Leben jetzt leben. Ich suche mir lieber was, das nicht so viel … Gewicht hat.«

»Okay, dagegen komme ich nicht an.«

»Und Grund Nummer vier, ich bin bereits verliebt!«

Ich war über mein Verhalten sehr verwundert. Noch nie hatte ich bisher so auf einen Mann reagiert, wie auf Gerd. Er hatte so eine besondere Art, sich auf wunderbarster Weise, Stück für Stück in mein Herz zu schleichen.

»In den Typ von gestern?«

»Ja! Wir hatten uns geküsst«, vertraute ich Susie an. »Und es war die Art von Kuss, der Jahrzehnte lang noch in Erinnerung bleibt, wenn man schon längst dement ist und aus der Schnabeltasse schlürft. Es hatte gefunkt, ziemlich sogar. Bei mir hatte es noch nie so richtig gefunkt, aber zwischen uns beiden war es wie ein Feuerwerk.«

»Wow, Eva.«

»Ich wollte, man könnte eine besonders schöne Erinnerung wie ein Parfüm in einem Flakon so aufbewahren, dass sie ihren Duft nie verliert und wenn man die Flasche öffnet, dann ist es so, als wenn wieder alles lebendig wird.«

»Und welchen Moment würdest du in die Parfümflasche füllen?«

»Jeder Moment mit Gerd.«

»Wow, du bist ja tatsächlich verliebt und das nach so Kurzem kennenlernen.«

»Ich kann doch nichts für meine Gefühle.«

»Der Kerl muss ja was ganz Besonderes an sich haben. Dann war er das, der eben anrief, oder.«

»Ja, er wollte morgen nach Feierabend mit mir ins Kino oder zum Schlittschuhlaufen.«

»Im Kino? Im Dunkeln ist wohl gut munkeln. Ich war auch mal als ganz junges

Mädchen mit einem Typ verabredet, der mich ins Kino einlud. Er hatte eine Tüte Popcorn und eine Cola für uns gekauft, und während wir den Spielsaal betraten, gestikulierte er ständig mit der Hand beim Sprechen, in der sich die Cola befand. Er versuchte, seine Worte damit zu unterstreichen und zu ergänzen.

Als wir unseren Platz gefunden hatten und der Vorspann anfing, rächte sich die Cola beim Öffnen über die scheinbaren beiläufigen Handbewegungen und spritzte über seine Hose. Zur gleichen Zeit fiel mir mein Haustürschlüssel aus der Hand und direkt vor seine Füße. Ich beugte mich zu ihm rüber, um nach den Schlüsseln zu tasten, als der Platzeinweiser mit Taschenlampe zu mir rüber leuchtete, um einem Ehepaar die freien Plätze neben uns anzuweisen.

Was macht ihr denn da? *In diesem Kino sind sexuelle Ausschweifungen nicht gestattet,* meinte er.«

»Und was hast du daraufhin gesagt«, fragte ich.

»Ich hatte währenddessen meine Schlüssel gefunden und erschrak dermaßen, dass ich so schnell hochgefahren bin, dass ich den armen Jungen fast das Kinn mit meinem Schädel zertrümmert hatte. Gesagt hatte ich gar nichts, es war mir alles so was von peinlich. Abgehauen sind wir, ich mit dem Schlüssel in der Hand und er mit nasser Hose.«

»Und was ist aus euch geworden?«

»Naja wir hatten uns dann noch mal verabredet aber ohne Cola.«

»Okay, die Cola-Blamage gibt es also schon, dann werde ich mit ihm zum Schlittschuhlaufen gehen.«

»Du kannst doch gar nicht Schlittschuhlaufen.«

»Nicht wirklich. Als Kind bin ich schon immer hingefallen und hab mich vor allen zum Gespött gemacht, aber vielleicht kann er es und zeigt mir, wie es richtig geht.«

Wir hatten uns tatsächlich für den nächsten Tag zum Schlittschuhlaufen verabredet. Er holte mich rechtzeitig ab und wir fuhren zur Eissporthalle. Fürsorglich und liebevoll erklärte er mir die Verhaltensregeln, denn die ersten Gehversuche sind nicht leicht.

Die ersten Runden hielt mich Gerd an der Hand, damit ich das Gefühl der Angst vor dem rutschigen, glitschigen Boden verliere. Dann machte ich meine ersten Gehversuche alleine, versuchte mich dabei leicht nach vorne zu lehnen, damit ich nicht nach hinten wegfalle.

»Du kriegst so langsam das Gefühl dafür«, rief Gerd.

»Ja?«

»Komm schon, du kannst es. Hab nur Mut«, sprach er aus ausreichender Entfernung und streckte mir für den Fall der Fälle seine Arme entgegen.

Hier muss man Flagge zeigen und ich kam mir vor, als wenn ich mich das erste Mal auf High Heels bewegen würde, auf ultradünnen Stilettos mit zarten Riemchen, die in ihrer Gesamtheit mehr ein Hauch von Nichts sind, als von Schuhen.

Wackelnd und rudernd, als wollte ich einen 7,5-Tonner in eine Parklücke einweisen, bewegte ich mich übers Eis. Als ich das Gleichgewicht behielt, sah ich mich schon wie eine Feder übers Eis tanzen, mich wie eine Eisschnellläuferin gekonnt in die Kurven legen, die immer wieder mit einer Pirouette begeisterte. Ich sah mich auf den Eisbühnen dieser Welt und sah, wie mir Javier Fernández López wohlwollend zunickte.

Dann knallte ich gegen Gerd, der standhaft wie eine alte knorrige Eiche dar stand und mich auffing.

»Du hast es geschafft«, sagte er zu mir.

»Ja, das sehe ich auch so. Ich hab es

geschafft«, erfreute es mir und versuchte dabei das Gleichgewicht auf den schmalen Kufen wiederzugewinnen.

»Wo hast du denn das Schlittschuhlaufen gelernt«, wollte ich wissen.

»Ich bin schon als Kind auf dem Eis gewesen. Keiner wollte mir glauben, dass ich nie hinfalle.«

»Merkwürdig«, rutschte es mir raus und simultan hörte ich auf einmal:

»Äh, oh, uh.«

Dabei paddelte er mit den Armen so, als wolle er sich an einer Strickleiter hinaufziehen und strampelte dabei mit den Schlittschuhen. Es sah aus, als wenn er zu schweben begann, so wie man es nur im Weltraum erleben kann. Dann jedoch passierte es. Er konnte die Hampelei nicht abfangen und landete auf seinem Hinterteil. Da ich versuchte ihn am Arm zu stützen, zog er mich unwillkürlich mit zu Boden.

Lachend saßen wir mitten auf dem Eis und während andere Läufer gekonnt uns als Hindernis auswichen, sprach ich etwas spöttisch:

»Man sollte nie zu selbstsicher sein, sonst fällt man auf die Nase.«

»Ja stimmt! Das Leben ist voller Überraschungen.«

9. Es erstaunte mich immer wieder, dass er sich solche Dinge merkte, um mir eine Freude zu bereiten

Ich hatte mein Glück gefunden. Die Brücke, die unsere Herzen verband, festigte sich merklich und unser Vertrauen stieg ins Unermessliche. Er zeigte mir immer wieder, wie viel ich ihm bedeute, hörte mir zu, redete mit mir, dachte an mich und das Wichtigste …, er war immer für mich da.

Ein Jahr später sind wir dann zusammengezogen. Das war schon ein großer Schritt, der gut überlegt sein sollte. Denn lebt man erstmal gemeinsam unter einem Dach, muss man sich mit so allerlei neuen Situationen auseinandersetzen. Ein neuer Alltag beginnt. Eine Umstellung der Wohn- und Lebensbedingungen oder auch nicht.

Die meiste Zeit übernachtete er sowieso bei mir und seine Wohnung stand mehr oder wenig leer herum. Auch sonst teilten wir alles Miteinander, was man teilen konnte, und meine Macken ertrug er bisher mit einem Lächeln, weil er wusste, dass man bestimmte Dinge einfach hinnehmen muss.

Eigentlich konnte ich mir nichts Schöneres vorstellen, als jeden Morgen neben ihm aufzuwachen und abends neben ihm einzuschlafen. Allerdings konnte ich mir auch nichts Schöneres vorstellen als Spaghetti-Eis mit Extra-Erdbeersoße. Andererseits konnte ich mir auch vorstellen, in einer glücklichen Beziehung mit einem glücklichen Mann glücklich zusammenzuleben.

Es war Dezember, der Monat unseres Umzuges. Rechtzeitig zu Weihnachten wollten wir in unserer gemeinsamen Wohnung das Weihnachtsfest erleben, unser erstes gemeinsames Weihnachtsfest.

Es brauchte schon eine gewisse Zeit, bis alles eingerichtet war und die Dekoration einen besonderen Stil und Charakter in unserem Zuhause brachte.

»Ich mach heute Essen«, rief Gerd aus der Küche ins Wohnzimmer zu mir.

»Okay, aber der Kühlschrank ist fast leer. Ich hab es noch nicht geschafft einzukaufen.«

»Ich finde es spannend, mit dir im Supermarkt einzukaufen.«

»Schau mal im Vorratsschrank nach.«

»Ich könnte Nudeln machen. Geschälte Tomaten sind da, Oliven, Käse und fertig. Übrigens wie kocht man Nudeln? Aufn Teller, Wasser drauf und ab in die Mikrowelle?«

»Am Kühlschrank hängt die Nummer vom Italiener um die Ecke. Such was aus, ich geh kurz duschen.«

»Soll ich dir den Rücken einseifen?«

»Such was zum Essen raus!«

»Okay, was hältst du von Spaghetti?«

»Spaghetti? Spaghetti ist Okay.«

»Gut dann geh ich kurz zum Italiener und hol welche.«

Nach dem Duschen deckte ich den Tisch, zündete Kerzen an und legte eine CD von Roy Orbison auf. Kurze Zeit später kam mein Schatz mit dem Essen. Etwas erstaunt schaute ich drein, als er zwei Pappschachteln aus der Iso-Tasche holte.

»Werden Spaghetti neuerdings in Pizzakartons geliefert«, fragte ich. »Oder sieht es so aus, als gebe es heute keine Spaghetti.«

»Nein leider nicht. Ich hab mir gedacht in Pizza sind auch Kohlenhydrate und Soße und Käse ist auf drauf, also daher ähnlich wie Spaghetti und Käse magst du doch.«

So war er. Er hat zwar den einen und anderen Dickkopf, ist aber immer für ungewöhnliche Aktionen und Überraschung gut. Dabei hat er nur eines im Sinn, mich glücklich zu sehen.

»Wir müssen noch etwas machen«, erwähnte ich nach dem Essen, als wir bequem auf dem Sofa lümmelten.

»Was denn?«

»Einen Tannenbaum kaufen. Weißt du diesen Tannenbaumgeruch, den liebe ich.«

»Soll ich jetzt eifersüchtig werden?«

»Auf den Tannenbaumgeruch? Du Dummkopf!«

Ich umklammerte mit beiden Händen sein Gesicht und küsste ihn. Sofort fing es wieder an, wie aufgeschreckte Insekten im Bauch, im Kopf und in den Armen zu prickeln. Eine Leidenschaft, die den Brennstoff in mir zum Lodern brachte.

»Womit hab ich dich verdient?«, fragte er anschließend.

»Das frage ich mich auch«, antwortete ich etwas neckisch.

»Weißt du, fuhr ich weiter fort, als ich noch ein Kind war, da haben mein Vater und ich immer den Weihnachtsbaum gekauft. Wir sind dann mit unserem Käfer losgefahren und rein in den Wald voller Weihnachtsbäume. Mindestens eine Stunde haben wir gebraucht, um den Richtigen zu finden.«

»Als wenn ein Carl Spitzweg Bild erwachen will«, sprach Gerd.

»Äh …? Ja …! So in etwa. Mit dem geschlagenen Baum sind wir dann nach Hause gefahren und noch am selben Tag schmückten wir ihn. Sobald das gute Stück im Wohnzimmer stand, sahen wir uns Weihnachtsfilme an.«

»Und was war dein Lieblingsfilm«, wollte Gerd wissen.

»Der kleine Lord, das Wunder von Manhattan, schöne Bescherung und Niko, ein Rentier hebt ab.«

»Das waren bestimmt besondere Momente für dich.«

»Ja, ganz besondere Momente.«

Am darauffolgenden Wochenende fuhren wir dann los, einen Tannenbaum kaufen. Im Gegensatz zu Baumärkten und Einrichtungshäusern, die Tannenbäume günstiger anbieten, aus Dänemark kommen, vor einigen Wochen bereits gefällt wurden und deshalb schneller nadeln, fuhren wir lieber zu einer Baumschule. Sicherlich man hätte auch zu ähnlichen Preisen einen künstlichen Baum erhalten können, die sind zwar pflegeleicht aber dafür ohne jeglichen Tannenduft.

An Holzlatten angelehnt standen hier Rotfichten, Nordmanntannen, Douglasie, Blaufichten und Nobilis-Tannen in reih und Glied und man konnte schon von weiten das Grundmuster eines Weihnachtsbaumes erkennen.

»Die Wahl der Qual, nicht wahr«, sprach mein Schatz.

»Ja, das kann man wohl sagen.«

»Der hier, der sieht doch gut aus, oder?«

»Der sieht perfekt aus.«

»Eine Nordmanntanne«, sprach der Verkäufer, der geradewegs auf uns zukam. Er nahm die Tanne und schlug sie mehrmals auf den Boden, damit die Äste sich schön legen. »Die Nordmanntanne hat eine steile Karriere als Weihnachtsbaum hinter sich. Sie wurde im 19. Jahrhundert von dem finnischen Biologen Alexander von Nordmann entdeckt.«

»Oh, da hat sich aber jemand schlau gemacht«, spottete Gerd.

»Oder wie wäre es mit dem hier, der will doch geradezu mitgenommen werden. Eine Nobilis-Tanne. Sie hat ebenfalls weiche Spitzen wie die Nordmanntanne, duftet aber stärker. Für sie hätte ich den hier«, sprach der Verkäufer Gerd an, um seiner spöttischen Bemerkung entgegenzutreten.

Er holte einen Baum hervor, der auf halber Höhe in einen weiten scharfen Bogen zuerst nach unten und dann nach oben gewachsen ist. Ein sehr skurril gewachsener Nadelbaum. Er erinnert mich an Friedrich Hundertwasser, der die Natur aus ihrer Normalität holt und ihnen eine andere Form gibt.

»Auch so ein Baum«, erzählte der Verkäufer weiter und sah meinen Schatz dabei etwas scharfsinnig an, »kann liebevoll geschmückt werden, um dann so zu tun, als sei alles in Ordnung.«

»Er wäre der ideale Baum, wenn er nicht die gegenteiligen Attribute zu horizontal, vertikal, ausgewogen und gerade aufweisen würde. Ich glaube wir nehmen den anderen Baum, der ist ganz gut.«

Der Mann nahm den Baum, schob ihn durch einen Verpackungstrichter und schon war der Baum zur platzsparenden Lagerung und zum einfachen Handling in ein Schlauchnetz verpackt.

Zuhause stellen wir ihn gleich auf einen Ständer und am nächsten Tag, ein Tag vor Heiligabend, schmückten wir ihn.

Hand in Hand standen wir vor unserem wunderbar geschmückten Weihnachtsbaum, der eine ganz heimische Atmosphäre schaffte und dafür sorgen wird, dass wir uns an den Festtagen noch viel wohler fühlen werden. Mit Sternen, Herzen, Schleifen, Kugeln, Glöckchen, Engel, Anhänger und Kerzen wurde das Volumen des Baumes großflächig ausgenutzt.

»Was macht denn der Apfel im Baum«, fragte mich mein Schatz.

»Tradition. Meine Oma hatte immer darauf bestanden, dass ein Apfel immer im Baum hängt. Ist unser Paradiesapfel.«

»Paradiesapfel?«

»Zur Erinnerung an das Paradies, auch wenn es für viele verloren scheint.«

»Du meinst einsame Strände, weißer Sand, türkises Wasser, Palmen, exotische Blumen, kleinen Bungalow, traumhafte Aussicht …«

»Dummkopf! Das Paradies ist kein Ort, den man sucht und an den man gehen kann, sondern das Gefühl des Glücks, was man empfindet, das verrückt macht. Es ist der Augenblick, der schön ist und dafür ein dankbares Herz besitzt, wenn man nicht gerade blind und taub gegenüber dem Wunderbaren ist und in Harmonie und Einigkeit lebt. Seit wir uns kennen, bist du das Paradies für mich.«

Mit sanfter Gewalt zog er mich an sich und ich könnte in diesem Augenblick auf alles verzichten, auf Frühstück, Mittagessen und Abendbrot; auf Arbeiten, Geld verdienen und Luxus; auf das Verlieren der letzten drei Kilos und auf das Tragen von zusammenpassenden Socken, aber nicht auf einen seiner Küsse. Er hat so ein Sex-Appeal, ist so unwahrscheinlich und fordert mich wieder heraus, ihm nicht widerstehen zu können. Es ist jedes Mal wie ein Hochseilakt, bei dem man das Gefühl hatte, zwischen Himmel und Erde zu schweben.

»Käffchen«, fragte er im Anschluss.

»Hört sich gut an«, antwortete ich. »Ich werde welchen machen« und verschwand daraufhin in die Küche.

Als ich zurückkam, fiel mein erster Blick wiedermal auf den Weihnachtsbaum. Er war wunderschön. Doch was ihn erst so richtig schön machte, war die Nähe von meinem Schatz, die mich mit Entspanntheit erfüllte, die ich kaum beschreiben konnte.

Beim näheren Hinblicken sah ich, wie er unter dem Tannenbaum herumkroch und mir den Anblick seines knackigen, wohlgeformten Hinterteils präsentierte. Sofort ertappte ich mich beim Spiel falscher Gedanken und fragte mich, ob es die sanften Rundungen und die sinnlich gewachsenen Kurven sind, die mich anregten. Oder ist es die Kombination aus weich und fest, aus sensibel und zart, die meine Fantasien etwas verrucht, etwas versaut aber anderseits doch relativ normal begeisterten?

»Was machst du unter dem Tannenbaum«, fragte ich neugierig.

»Ich schau nur nach, ob genügend Platz für meine Geschenke vorhanden ist.«

»Woher willst du wissen, ob du überhaupt Geschenke kriegst.«

»Na ich war das ganze Jahr artig.«

Als er unter dem Tannenbaum hervorkam, versteckte er seine Hände hinterm Rücken. Eine Geste, die darauf hindeutet, könnte, dass er entweder etwas verbirgt oder keine Angst vor einem frontalen Angriff hat, da er seine komplette Vorderseite dadurch geöffnet hat.

»Ich hab eine Überraschung für dich«, sprach er nach kurzer Verzögerung, worauf ich antwortete:

»Dein … Auto … hat ein Totalschaden?«

»Nein!«

»Du … hast ein volles Glas Bier verschüttet?«

»Du meine Güte, nein!«

Dann hast du endlich den Unterschied zwischen Spaghetti und Pizza entdeckt?«

»N-e-e-e-i-n, auch das nicht.«

Er holte vier in roter Schleife eingebundene DVD-Verpackungen hinterm Rücken hervor und sprach weiter:

»In Würdigung deines Weihnachtsbrauches und an deine Kindeserinnerungen habe ich hier: Der kleine Lord, das Wunder von Manhattan, Santa Claus eine schöne Bescherung und Niko ein Rentier hebt ab, auf DVD.«

Es erstaunte mich immer wieder, dass er sich solche Dinge merkte und sie zum Anlass nahm, mir eine Freude zu bereiten.

»Wow«, sagte ich. »Danke schön … Das sind ja echt viele Stunden zum Angucken.«

»Naja, dann las uns loslegen.«

»Bist du dir sicher, dass du dir das antun willst?«

»Aber klar, ich hab sie alle noch nicht gesehen.«

»Nicht mal einen? Das sind Weihnachtsklassiker.«

»Nein, nicht mal einen!«

»Du machst Scherze. Wenn ich jedes Mal das Wunder von Manhattan sehe, dann muss ich weinen. Echt.«

»Echt? Okay dann hole ich dir schnell noch ein Paket Taschentücher aus dem Bad. Wie sieht's aus, Chinesisch dazu?«

»Chinesisch klingt gut. Knusperente mit brauner Soße.«

»Okay ich ruf beim Chinamann an.«

10. Eine Träne des Glücks lief meine Wange herunter, als ich mich auf seinen Schoß setze und ihn umarmte

Es war gestern ein wundervoller Abend gewesen. Ein internationaler bei amerikanischen Weihnachtsvideos, chinesischen Essen und spanischen Rotwein. Heute ist Heiligabend und genau vor einem Jahr hatten wir uns kennengelernt. Wir haben in dieser Zeit so viel Unsinn gemacht, dass es fast schon wieder kindisch war, doch ich genoss diese Zeit. Sie gehörte zu uns, genauso wie die tiefer gehenden Gespräche.

Oft standen wir nebeneinander, schauten uns an und fingen an zu lachen. Es waren Gedanken, die wir austauschten, ohne ein Wort zu verlieren. Es musste zwischen uns eine ganz besondere Verbindung bestehen, denn wie oft hatten wir gleiche Gedankengänge. Wie oft hatten sich unsere fiktiven Nachrichten auf halbem Wege gekreuzt, wie oft passierte es, dass wir in den unmöglichsten Momenten plötzlich aneinander denken mussten, wie oft packte uns eine Sehnsucht nach der anderen. Und das machte mich einfach nur glücklich, diese kleinen Momente des Glücks alleine mit ihm zu teilen. Er war einfach etwas Besonderes für mich.

Es war bereits hell. Das Licht schien ins Schlafzimmer und weckte uns. Mit noch geschlossenen Augen sprach mein Schatz:

»Du bist dran.«

Ohne rechte Aufmerksamkeit und nur mit halbem Ohr vernahm ich seine Worte und erwiderte:

»Nein du.«

Es wurde für eine Weile still, ein Moment, wo in sanfter Übereinkunft unsere Gedanken sich vereinten. So geräuschvoll, wie der Morgen auch sein kann, so war plötzlich der Ton wie abgestellt. Dann ein Rascheln. Mein Schatz drehte sich um, legte seinen Arm um meinen Körper und murmelte:

»Ich hab gestern Frühstück gemacht.«

»Hm«, bemerkte ich daraufhin schwerfällig und dachte mir, jetzt wird es spannend.

Doch nach einigen Sekunden der Besonnenheit, bewegte er sich schwungvoll aus seinem zerknüllten Bett, strich sich durchs zerzauste Haar und stand auf.

»Warum stehst du auf«, betonte ich.

»Mhm, der Volksmund sagt: Die Frau hat das Sagen, nicht das Fragen«, gab er zu verstehen, küsste mich auf die Stirn und war dabei das Zimmer zu verlassen.

»Soll ich dir helfen?«

»Nein! Bügel du lieber deine Ohren und lass dich von hüpfenden Schafen zählen.«

Eigentlich machte Gerd fast jeden Morgen das Frühstück und an den Wochenenden und Feiertagen präsentierte er es mir sogar ans Bett. Es war eine schöne Vorstellung, im Bett zu liegen und den ganzen Tag zu vergessen.

»Tja«, meinte er immer. »Besser als in jedem fünf Sterne Hotel, frische Brötchen, Marmelade, Wurst, Käse, ein Ei, Butter, heißer Kaffee und ein Kellner im Morgenmantel«,

»Ein Kellner im Morgenmantel«, wiederholte ich fragend. »Hier komme ich öfters her.«

Wir waren äußerst zufrieden mit uns und der Umwelt, hatten eine gemeinsame Wohnung, Berührungen die Nähe versprachen und ungezwungene Albernheit, die wir teilten.

Oft bemerkte ich, dass er seinen Blick so gar nicht von mir lassen konnte. Er taxierte mich mit geweiteten Pupillen und schaute mir immer hinterher, wenn ich an ihm vorbei ging. Eines Tages, als ich aus dem Bad mit nur einem Badehandtuch bekleidet kam und im Schlafzimmer stand, um mich anzukleiden, sagte er:

»Ich hätte nie gedacht, dass ich dich einmal so sehen würde, wie die Natur dich schuf.«

Etwas verdattert schaute ich ihn an und sprach:

»Warum macht ihr Männer um nackte Haut so ein Drama und ganz speziell um die Brüste. Was findet ihr so besonders daran, es sind nur Brüste. Jeder zweite Mensch auf der Welt hat welche.«

»Mehr sogar, wenn man es genau nimmt«, dementierte mein Schatz. »Ab fünfzig tritt bei den Männern eine Brustvergrößerung ein, der bis Körbchengröße "B" und darüber hinausgehen kann. Gynäkomastie nennt man so was, eine Vergrößerung der Brustdrüse, unter der viele Männer dann leiden. Einige Prominente haben sich deshalb schon ihre Brust auf normale Größe verkleinern lassen, da sie bereits einen Busen hatten wie im Bilderbuch für Erwachsene. An Stränden kann man hin und wieder Männer sehen, die auch ein sehr schönes Paar haben.«

Ich musste bei dieser Feststellung schmunzeln, schaute in das Handtuch und meinte:

»Eigentlich sehen sie sehr ulkig aus, sind für Milch gedacht und …, deine Mutter hat auch welche. Was macht ihr nur für einen Wirbel darum.«

»Das kann ich dir nicht beantworten. Lass mich doch mal nachsehen.«

Er griff nach mir, schaute ins Handtuch und bemerkte: »Nein, nein, das ist mir wirklich ein Rätsel.«

»Die meisten Männer gehen mit ihrer Traumfrau ins Bett und dann …, dann werden aus Traumvorstellungen oft Traumvorstellungen. Geht es dir auch so wie denen?«

»Nein! Ich finde, du warst noch nie so bezaubernd wie heute Morgen.«

Ja so war er, immer eine wohlwollende Äußerung auf den Lippen. Er bewies mir so immer wieder, dass ich attraktiv, nett und charmant für ihn war.

Für heute Abend hatten wir Susie mit ihrem Freund und ein weiteres Paar, Luisa und Gerrit, zu uns zum Essen eingeladen, mit anschließendem Julklapp oder auch Wichteln genannt.

Allerdings wird es in einer abgewandelten Form stattfinden. Es wurde vorher ausgelöst, wer wen beschenken muss, was aber nicht verraten werden darf. Die Geschenke werden dann mit den Namen des zu Beschenkten beschriftet und unbemerkt in einen im Flur stehenden Sack verbracht. Zu dem Geschenk gehört dann noch ein kleiner Spruch, der das Geschenk auf lustiger Weise umschreibt.

»Weißt du, dass der eigentliche Julklapp ein alter, ursprünglicher schwedischer Weihnachtsbrauch ist?«

»Das hab ich mir schon gedacht, weil Jul so was Ähnliches wie Weihnachten oder Weihnachtsgeschenk heißt.«

»Stimmt. Beim Julklapp wurden von vermummten Gestalten Geschenke durch Fenster in die Zimmer geworfen.«

»Aha … und warum diese Heimlichtuerei?«

»Die Geschenkübergabe sollte nicht nur unerwartet und heimlich vonstattengehen. Der Hauptreiz bestand darin, die Identität des Anderen aufzudecken. Und um dieses zu erschweren, wurden die Geschenke möglichst umständlich verpackt, sodass es eine Zeit lang dauerte, um an das eigentliche Geschenk zu kommen, dass dann irgendwie etwas mit seiner Persönlichkeit zu tun hatte.«

»Warum machen wir es denn nicht auch in traditioneller Form?«

»Du meinst so richtig traditionell, einfach das Geschenk durch ein geschlossenes

Fenster schmeißen? Am besten so, dass die Stores aus der Gardinenschiene gerissen werden, auf den mit brennenden Kerzen geschmückten Tannenbaum landen, in Flammen aufgehen, was dann ein schönes, helles Feuer ergibt und vor allem in dieser kalten Jahreszeit enorm wärmt?

Dein Geschenk, inhaltlich eine Flasche deines Lieblingsparfüms, würde dabei durch den schwungvollen Wurf eine aerodynamisch günstige Flugphase einnehmen und unsere einzige hochkarätige Ming-Vase umstoßen, welche dann zusammen mit dem Parfüm erbarmungslos und barbarisch auf dem Boden aufschlägt.

Während die auserlesene, kostbare, begehrenswerte blau-weiße Ming-Vase in tausend kleine Teilchen zerspringt, würde auch dein Parfumflakon zerbrechen und der Duft von Rosenwasser würde sich wie ein Lufterfrischer im Zimmer verbreiten.

Tja, und wenn dann der Glaser nach seinem vierwöchigen Urlaub aus der Karibik zurückgekehrt ist, kann er die Scheibe auswechseln, wenn das Feuer nicht seinen zerstörerischen Weg genommen hat und uns obdachlos machte.«

Etwas verwundert schaute ich drein und bemerkte:

»Aber wir haben doch gar keine Ming-Vase.«

»Stimmt und du kriegst auch kein Parfüm«, erhielt ich als Antwort.

Dabei zog er mich ganz sanft zu sich und nahm mich in die Arme. Dabei spürte ich, wie seine weichen Lippen an meinen Hals entlang hauchten, wie sein Herzschlag anfing schneller zu schlagen und wie sein warmer Atem durch mein Haar strich. Langsam löste ich mich von ihm, strich ihm über die Wange und fragte mit einem etwas schelmischen Blick:

»Was krieg ich denn?«

Augenblicklich sah er mich mit seinen blauen feurigen Augen an und meinte dabei:

»Mal sehen, vielleicht eine Jacke mit angenähten Ärmeln und ein Küchenmesser.«

Ich schmunzelte über diese Äußerung, die nicht ernst gemeint war. Schließlich gehört er zu den Menschen, die ihre Gefühle in einer romantischen ausgefallenen Geschenkidee widerspiegeln lassen. Er gehört nicht zu denen, die kurz vor Toresschluss in einen Kaufrausch verfallen, sich durch vollgestopfte Straßen drängen, dann wie ein Neandertaler in überfüllten Einkaufzentren herumläuft, um anschließend stundenlang an der Kasse zu stehen. Und das nur, weil ein Ehepaar für ihre achtköpfige Familie den Einkauf per Bankkarte bezahlen will, dreimal die PIN verkehrt eingab und nun alles wieder zurückgebucht werden muss.

Nein, er befasst sich lieber mit einer seelischen und physischen Grausamkeit, kauft seine Geschenke schon Wochen vorher und stellt Tage vor dem Fest die verpackten Geschenke augenscheinlich im Wohnzimmer auf, mit dem Hinweis: Hey, nur gucken, nicht anfassen. Doch ich werde mich rächen!

»Du denkst daran, nach dem Essen heute Abend musst du den Weihnachtsmann machen«, teilte ich ihm überraschend mit.

»Wer ich?«

»Ja du!«

»Aber ich bin der Hausherr.«

»Heute bist du mal nicht der Hausherr, heute bist du der Weihnachtsmann!«

»Und mein Lampenfieber?«

»Ein Weihnachtsmann hat kein Lampenfieber«, erwiderte ich.

»Dann trete ich in den Streik.«

»Du spinnst wohl. Als Weihnachtsmann arbeitest du gerade mal einen Tag und ausgerechnet an dem Tag willst du streiken?«

»Auch als Weihnachtsmann habe ich das legitimierte Recht streiken zu dürfen. Dass ich nur einen Arbeitstag habe, kannst du mir doch nicht zum Nachteil auslegen. Außerdem habe ich kein Bart und keine Falten, keine rote Kutte und keine Rentiere zum Reiten.«

»Reiten brauchst du nicht und was den Bart und die rote Kutte betrifft, so liegen im Schlafzimmer auf dem Bett ein weißer Rauschebart, ein rotes mit weißem Pelz besetztes Kostüm und ein aufblasbarer Bauch.«

»Ein was?«

»Ein aufblasbarer Bauch! Einen Weihnachtsmann ohne Bauch gibt es nicht, das ist wie Bier ohne Schaum, wie Jeans ohne Nieten, wie Haus ohne Balkon und damit du die Möglichkeit hast deine Optik dahin gehend zu verändern, hab ich dir einen aufblasbaren Bauch besorgt. Aber nicht, dass du ihn dir auf den Rücken schnallst und als buckelige Gestalt erscheinst.«

Und damit war die Rollenverteilung geklärt.

Er ging ins Schlafzimmer, schaute sich das Kostüm an und frei nach der Devise: *"Lustig wird's am Weihnachtsfest, wenn man sich einen Spruch einfallen lässt",* fing er an sich Gedanken um Weihnachtsmannzitate zu machen.

Rechtzeitig kam unser Besuch, und nachdem alle das gute Essen mit animalisch dröhnenden Geräuschen niedergemetzelt hatten, warteten sie mit funkelnden und erwartungsvollen Augen auf das, was kommen wird. Ich legte eine Weihnachts-CD auf, sah dabei das Leuchten der Tannenbaumkerzen und dachte mir, welchen Grund wohl die Kerzen haben, dermaßen zu strahlen. Dann gab ich meinem Schatz den Wink sich umzuziehen, woraufhin er verschwand.

Zurück kam er als wohlernährter, pummeliger Weihnachtsmann mit weißem Rauschebart, rotem Wollmantel mit weißem Pelzbesatz, dickem Bauch, großem Jutesack und …, Hausschuhen.

»Ho, ho, ho!«

Rief er, als er an der Tür klopfte.

»Draußen vom Walde komme ich her.
Ich muss euch sagen, ich sah gar nichts mehr.
Mond verdeckt, stockfinster der Wald,
da bin ich frontal gegen eine Tanne geknallt.
Hier stehe ich nun als Weihnachtsmann,
hoffe ich komme gut bei euch an.
Geschenke hab ich dabei,

für manche ein, zwei oder auch drei.
Wem es nicht gefällt, dem gilt es
nachzudenken,
an wen kann man es nächstes Jahr
Weiterverschenken.«

Applaus und ein unaufhaltsamer Drang zum homerischen Gelächter wurde hervorgerufen. Ein zwangloser Reflex entstand, der das Zwerchfell in Bewegung setzte und gleichzeitig massierte. Bei derartigen lustigen Situationen kann man sich kaum vor Lachen halten, es sei denn, man ist die Lachnummer selber.

Düster schaute der "Weihnachtsmann" zum Weihnachtsbaum und sprach zu ihm:

»Gut, dass du mich nicht auslachen kannst. Ich bin froh in deiner Gesellschaft zu sein, du bist der Einzige, der mich versteht.«

Nachdem sich alle wieder beruhigt hatten, fing der Weihnachtsmann mit der Bescherung an. Er hatte den Geschenken zuvor bereits alle Handzettel entnommen und sie in ein großes Buch gelegt, ein in goldenes Papier eingewickeltes Telefonbuch. Langsam blätterte er sich durch das Buch, blieb an einer Seite stehen und sprach:

»Susie komme her zu mir. Ich lese hier im goldenen Buch der Weisheiten, dass du seit dem zehnten Lebensjahr auf Diät bist, was im Klartext heißt, dass du seit fast dreißig Jahren an Hunger leidest. Wenn du das Halbfliegengewicht erreicht hast, dann wird dir erlaubt, dass du dich bei der Comedy Sendung Germany Next Top Model bewerben darfst.«

Er griff in den Geschenkesack, holte das entsprechende Präsent heraus und gab es ihr. Danach schlug er eine weitere Seite seines goldenen Buches auf und rief:

»Die Nächste ist Luisa. Luisa komme zu mir. Ich habe gehört, dir sollen plötzlich praktische Geschenke wie Toaster, Mixer, Staubsauger, Bügeleisen nicht mehr gefallen, die du seit zwanzig Jahren zu Weihnachten erhältst. Naja wer braucht schon ein Bügeleisen, nur damit Messieurs immer glatte Hemden trägt. Aber wie Kurt Tucholsky schon sagte: Das Gegenteil von gut ist gut gemeint. Dann will ich mal sehen, ob ich in meinem Sack auch was für dich finde.«

Wieder griff er in den Sack holte ein Geschenk heraus, gab es ihr und sprach:

»Dein Wunsch wurde erhört, hier drin sind sicherlich eine Cellulitis-Creme und ein Gutschein für eine Cellulitis-Behandlung. Viel Erfolg.«

Unwillkürlich fingen alle an zu lachen, worauf der Weihnachtsmann mit erhobener Stimme bemerkte:

»… Und wer mich auslacht oder verarscht der kriegt gar nichts.«

»Eva. Auch wenn du über keinen Motorradführerschein verfügst, so hört sich dein Geschenk beim Schütteln an, als wenn Deo Roller drin sind.«

Ich nahm mein Geschenk entgegen und ging zu meinem Platz zurück. Dann holte der Weihnachtsmann das nächste Päckchen aus dem Sack.

»Dirk zu mir.«

Dirk kam, stellte sich vor ihm hin, rümpfte mit der Nase und ließ die Luft hörbar durch sein Riechorgan einziehen. Dabei sprach er:

»Sag mal Weihnachtsmann, trägst du das Kostüm eigentlich das ganze Jahr?«

Ohne Dirk auch nur eines Blickes zu würdigen, erhielt er spontan die Antwort:

»Die anderen zwei sind in der Reinigung.« Dabei blätterte er weiter in seinem goldenen Buch und fuhr dann fort:

»Dirk, du scheinst schon immer für das Gegenteil gewesen zu sein, selbst damals in der Schule. Wenn die anderen Jungs ihre

Schulaufgaben gemacht haben, dann hast du keine gemacht; wenn die anderen zum Turnen gingen, hieltest du dich mit Ritter Sport fit, und wenn die anderen versetzt wurden, dann bis du backen geblieben. Du kannst sicher sein, dass Susie sich niemals mit dir eingelassen hätte, wenn sie wüsste, dass dein Spitzname in der Schule Pupsie war.«

Wieder brach eine ungestüme Heiterkeit über diesen eigenartigen Namen aus allen heraus, zudem sich Dirk versuchte zu rechtfertigten:

»Naja meine Mutter gab mir als Baby diesen Namen, was sicherlich daran lag, dass ich jedes Mal akustisch angekündigt hatte, wenn meine Windel kurz davor war, den freien Fall meines größeren Geschäftes aufzuhalten.«

»… Den freien Fall seines größeren Geschäftes«, sprach Gerrit und haute sich dabei auf die Schenkel, dass es nur so klatschte.

Und plötzlich stimmten alle schlagartig in die Euphorie dieses Freudentaumels ein und kamen kaum wieder raus. Krampfartiges Zusammenzucken und eine sich langsam von Rot zu Blau färbende Gesichtsfarbe entstand. Es gab kein Halten mehr, Tränen flossen in den Augen, Luft wurde mit asthmatischen Hecheln eingesaugt und stoßweise wieder ausgeblasen. Ein Feuerwerk des Lachens entstand.

Als dann der Lachflash endete, ergriff der Weihnachtsmann wieder das Wort:

»Man isst nur dann mit gutem Appetit, wenn man vorher großen Hunger hat. Und nun zu dir Gerrit, wenn du ein Schild siehst, auf dem Peepshow steht, dann heißt das nicht, dass du dort schon vor Weihnachten einen Blick auf deine Geschenke werfen darfst.«

»Tut mir Leid Santa, kommt nie wieder vor«, meinte Dirk.

»Hier dein Geschenk. Ein Spaßgarant! Das Hauptnahrungsmittel des modernen Mannes in deinem Alter. Ein sehr durchblutungsförderndes Festigungs- und Vergrößerungsmittel zur inneren Anwendung. Du wirst in dem blauen Wunder deinen Jungbrunnen finden und es wird dich flugfähig machen; dein Denkzentrum wird belebt und dich zu tugendhafter Demut knechten.«

Dirk nahm sein Geschenk und setzte sich wieder an den Tisch.

»Jetzt habe ich nur noch ein Geschenk hier für Gerd. Mal sehen, was über den im goldenen Buch der Weisheiten steht. Aha, Gerd hat im letzten Jahr ganz toll lesen und schreiben gelernt. Auch in Mathe konnte er gut mitdenken. Doch meistens ist er unkonzentriert, lässt sich leicht ablenken und streitet mit seinen Klassenkameraden und sogar mit seiner Lehrerin. Wie kann das denn angehen?«

Der Weihnachtsmann stutzte auf einmal, zog seinen Kopf hoch, schaute in der Gegend umher und stellte fest:

»Oh …, falsche Seite …, tschuldigung betrifft das Nachbarkind. Hä, hä, hä.«

Er blätterte einige Seiten in seinem goldenen Buch weiter und fing an wieder vorzulesen:

»Du bist beruflich ausgesprochen erfolglos, war's früher mal attraktiv, setzt aber langsam Fettpolster an. Oh …, wieder falsche Seite …, tschuldigung …, betrifft den Vater des Nachbarkindes. Hä, hä, hä.«

Wieder blätterte er einige Seiten weiter und fand einen Briefumschlag.

»Ein Kuvert«, ließ er verlauten, »mit einer inhaltlichen Nachricht. Bitte vorlesen steht auf dem Umschlag …, hm …, okay.«

Er entnahm dem Kuvert ein Schreiben, entfaltete es und fing an leise und unverständlich sich in den Bart zu murmeln:

»Äääh…, Mhm …, mhm …, mhm …, ahm … hm …, hm … ah-a! So, so!«

Kurze Zeit später fing Gerrit an, die Rezitation zu bemängeln:

»Ich weiß, dass man mit dieser füllenden weihnachtlichen Interjektionssprache nichts falsch machen kann und dass man damit die Authentizität unterstreicht, doch ansonsten verstehen wir so viel wie ein Vogel von der Ornithologie.«

»Okay, okay, dann werde ich mich klarer ausdrücken. Es ist ein Bekenntnis, eine Offenbarung an einen geliebten Menschen«, sprach der Weihnachtsmann, holte daraufhin tief Luft und fing an vorzulesen:

»Mein Schatz. Ein Jahr ist es her, genau ein Jahr, als du dich in mein Leben geschlichen hattest. Eine Zeit, in der wir uns oft die Nächte um die Ohren geschlagen hatten, uns Dinge erzählten, die wichtig, unwichtig, lustig und auch ernst waren. Dabei wurde mir klar, dass das Licht in uns, Glück und Liebe zum Leben erwecken wird.

Wenn dann noch das Warten auf den Geliebten zu einer Mutprobe wird, wenn das Herz damit zeigt, dass sie ein wichtiger Teil seines Lebens geworden ist, dann ist es etwas Einzigartiges.

So passierte es, dass zwei Körper und zwei Seelen miteinander verschmolzen. Das die Zuneigung und das Vertrauen, die Treue und der Respekt, die Toleranz, die

Leidenschaft, Anteilnahme, Verantwortung, Verständnis, Bewunderung, Gewohnheit, dass gemeinsames Interesse und Ziele sich verbanden, dass du das andere Ende der Brücke geworden bist, die unsere Herzen verband.«

Es war still geworden, keiner möchte auch nur ein Ton von sich zu geben. Aufmerksam hörten sie alle dem Weihnachtsmann zu, der aus einem Brief vorlas, eine Liebeserklärung dezent von hinten durchs Knie.

»Ich fühlte mich sehr wohl in deiner Gegenwart«, fuhr der Weihnachtsmann mit diebisch erfreutem Gesichtsausdruck fort, »frage mich: wie ich bisher ohne dich existieren konnte, ohne deine Nähe und Wärme, die mir so gut tut. Ich wünschte mir von ganzen Herzen, dass es immer so bliebe.

Nichts sollte es schaffen, das Band zu durchtrennen, welches unsere Herzen verbunden hat. Und wenn es doch einmal jemand versuchen sollte, dann werde ich es mit allen Mitteln verhindern.«

Ich stand auf und ging zum Weihnachtsmann. Eine Träne des Glücks lief meine Wange herunter, als ich mich auf seinen Schoß setze und ihn umarmte.

Ja auch er war mein Glückstreffer und keiner wird es je schaffen, uns zu trennen.

Ich liebe ihn und danke, etwas so Wertvolles gefunden zu haben. Jetzt weiß ich auch den Grund, warum die Tannenbaumkerzen dermaßen strahlten.

11. Der Mensch wir mit vielen Persönlichkeiten geboren und stirbt mit nur einer Persönlichkeit

Jahre vergingen, als eines Tages der Himmel unseres Glücks von vielen grauen Wolken bedeckt wurde. Ich wurde schwer krank und musste ins Krankenhaus, um operiert zu werden.

»Wirst du … mich manchmal besuchen kommen?«, fragte ich.

»Dich besuchen? Ich werde mir ein weiteres Bett ins Zimmer stellen lassen.«

»Und wirst du neben mir stehen und meine Hand halten, wenn es mir schlecht geht?«

»Ganz fest werde ich sie halten.«

»Dann werde ich keine Angst haben. Ich liebe dich.«

Und tatsächlich. Während meines Krankenhausaufenthaltes wurde eine Chemotherapie angewandt, die mit ihren Nebenwirkungen das Immunsystem lahmlegte. Während dieser Zeit ist er die ganze Nacht bei mir geblieben und hat mir beim Schlafen zugesehen. Ein wohltuendes Gefühl, zu wissen, dass es nicht nur so daher gesagte Worte waren.

Eines Tages sprach die Ärztin ihn auf dem Flur an:

»Sind sie der Ehemann?«

»Ja!«

»Der Zustand ihrer Frau hat sich seit dem letzten Male gravierend verschlechtert. Der Krebs ist leider wieder da und er ist schon sehr weit fortgeschritten. Wir haben hier die Möglichkeit …«

Gerd hörte gar nicht mehr zu. Er war auf einmal geistig abwesend und man sah, wie die Vergangenheit wie ein Film vor seinen Augen vorbeizog. Gedanken spiegelten sich wider, Gedanken, wie wir uns kennengelernt hatten und das auf einer sehr bemerkenswerten Weise.

Es war nicht beim Schoppen, wo er mir seine Hilfe bei der Auswahl der Klamotten anbot und sich aber am Ende herausstellte, dass er gar kein Verkäufer war, er aber nun selbst um meine Hilfe bei der Auswahl bat.

Es war auch in keiner U-Bahn, wo er ein Kreuzworträtsel versuchte zu lösen und um mit mir in Kontakt zu kommen, mich seufzend nach einem ganz bestimmten Lösungswort fragte.

Auch nicht im Park, wo er sich ein Hund ausgeliehen hatte, wartete, bis der Hund sich mit meinem Hund beschnupperte. Und um ins Gespräch zu kommen er dann erzählte, dass es zwar nicht sein Hund sei, er aber am Überlegen war sich einen eigenen anzuschaffen und welche Erfahrungen ich denn mit meinem Hund gemacht hätte.

Nein es war eigentlich extrem einfacher, fast ein Kinderspiel und es mag befremdlich klingen, aber es waren Engel, die uns zusammengeführt hatten. Sie sahen zwar nicht wie Engel aus, aber trotzdem waren die drei älteren Herren Engel, und als ich ihn damals das erste Mal sah, wusste ich, dass er der Mann ist, der mir gefährlich werden könnte.

Es klopfte an der Tür, sehr zaghaft, ich hatte es zuerst gar nicht gehört. Dann ging die Tür auf und Gerd kam rein.

»Hey, dich kenn ich«, sprach ich, als er zu mir ans Bett kam.

»Du machst mir Angst«, sprach er.

»Die Diagnose hat mir auch Angst gemacht.«

»Aber du kannst den Krebs besiegen, Menschen schaffen das immer wieder.«

»Ich hab ihn schon mal besiegt, aber irgendwie habe ich das Gefühl, das es ein weiteres Mal nicht mehr klappt.«

»Wir werden andere Ärzte konsultieren, die dir eine noch bessere Behandlung bieten können.«

»Die beste Behandlung hatte ich doch schon, von dir. Danke, dass du immer für mich da warst.«

Nach der Chemo nahm er mich nach Hause. Er wollte, dass ich meine Tage in gewöhnter Umgebung verbringe und dann passierte es.

Es war Sommer. Um mich herum wurde es still, nur einen Hauch spürte ich, ein leichter Luftstrom, der mich berührte. Es wurde nebelig und plötzlich vernahm ich keinen Schmerz mehr, der mich quälte; hörte seine gänsehauterregende Stimme nicht mehr, fühlte keine sanfte und zarte Berührung seiner Hände, roch auch nicht seinen verlockenden Duft. Ich legte meinen Körper ab wie ein Kleidungsstück, das ich nicht mehr brauchte, und fing an, mich in einer watteähnlichen hellen Welt zu bewegen.

Herab schauend blickte ich zu meinem Schatz, wie er mich in den Armen hielt, mich streichelte und ich wurde traurig.

Ich verließ ihn, schlief in den Armen des Mannes ein, den ich vergötterte und geliebt hatte; für den ich alles getan hätte, ungefragt und gerne; der mir gezeigt hatte, was es heißt, zu lieben und geliebt zu werden. Dasselbe zu wollen und dasselbe nicht zu wollen, war unser Zeichen für ein tolles Miteinander. Ich werde ihn vermissen, solange wir getrennt sind.

Tröstend nahm ihn sein Freund in die Arme und er sprach zu ihm:

»Schon gut!«

»Wie kann es gut sein?«, fragte er.

»Kann es nicht, aber das sagt man doch so«, bekam er als Antwort.

Den Pastor hatte er gefragt, warum ausgerechnet ich sterben musste.

»Wenn der Tod uns ereilt, auf einer viel zu schnellen Weise, dann trifft uns ein scharfer und bitterer Schmerz, den keine Medizin lindern kann. Aber wenn es jemanden trifft, so jung und lebendig wie Eva, dann ist der Schmerz noch größer um ihn aushalten zu können. Doch der Glaube gibt uns Kraft, um diese Last zu ertragen und zu wissen, dass mit der Zeit alle Wunden heilen.«

Mit der Zeit alle Wunden heilen. Was für ein blöder Spruch. Sicher, wenn einige Zeit vergangen ist, wird der Schmerz, den man dann empfindet, nicht mehr so stark sein, aber geheilt ist man dann mit Sicherheit noch nicht. Es wird immer wieder

Situationen geben, die die Wunde wieder aufreißen werden. Und dann tut es jedes Mal wieder weh.

Inzwischen ist wieder der Winter eingekehrt. Dezember, eigentlich der schönste Monat im Jahr mit seinen Adventstagen und dem Weihnachtsfest und dem Tag unseres Kennenlernens. Ich beobachte ihn schon lange und sehe, wie er leidet, versuche mit seinem Gewissen zu reden, doch ob es was hilft? Ich weiß nicht.

»Warum trinkst du«, fragte ich, als ich ihn auf einer Parkbank sitzen sah.

»Ich lass mein Schädel im Karussell des Todes fahren, um meinen Kummer zu ertränken. Wein ist der Atem Gottes. Er macht aus einem Weisen einen Narren und aus einem Narren einen Weisen.«

»Ist es nicht ein bisschen kalt, hier auf der Bank zu sitzen?«

»Nicht wirklich und wenn schon.«

»Aber du könntest dir den Tod holen.«

»Damit könnte ich leben.«

»Warum sitzt du denn da?«

»Ich beobachte die Kinder, wie sie Schlittenfahren, wie wir Schlitten fuhren; sehe, wie sie sich im Schnee wälzten, wie wir uns im Schnee wälzten, wie wir

Schneemonster bauten. Ja, ich hatte eine sehr schöne Frau, die mich geliebt hatte. Ich glaube, ich wusste gar nicht, wie sehr ich sie liebte. Ich gab ihr alles, was sie sich wünschte, was sie meiner Meinung nach gebrauchen konnte. Es hat nicht gereicht, für immer glücklich zu sein. Dann ging sie einfach, sprang auf den Güterzug der Verstorbenen und hat sich auf eine lange Reise gemacht, auf eine lange Reise ohne mich.«

Obwohl inzwischen Jahre vergangen sind, ist sein Schmerz immer noch da. Das Leben ist wie ein Krieg und in einem Krieg verliert man seine Liebsten, aber Krieger müssen mit Niederlagen fertig werden, genauso mit Siegen. Es gibt zwar Wunden und Narben auf den Herzen eines Kriegers, aber es gibt da auch einen ganz besonderen Platz, indem Erinnerungen an denjenigen aufbewahrt werden.

Immer wieder ließ ich mich als Schatten zur Erde bringen, um ihm den Sinn des Lebens wiederzugeben und das ganz besonders zu Weihnachten. Doch eines Tages sprach der Herr im Himmel zu mir:

»Deine Zeit ist abgelaufen.«

»Jetzt schon?«

»Ja, … dein Leben ist hier oben, nicht da unten.«

»Aber ich kann jetzt noch nicht, nicht jetzt. Ich glaube ich hab es bald geschafft, ihn auf andere Gedanken zu bringen.«

»Also gut«, sprach der Herr im Himmel nach einigen Augenblicken. »Ich werde dir noch ein wenig Zeit geben.«

Am Heiligabend ging mein Schatz wieder in den Park, in den Jenischpark. Er hatte es jedes Jahr gemacht, um die Vergangenheit immer wieder Revue passieren zu lassen. Schlurfend ging er durch den Schnee und zog eine lange Spur hinter sich her. Plötzlich schoss er einen Gegenstand vom Boden hoch, der nach gut einem Meter wieder zu Boden fiel. Er bückte sich und hob ihn auf. Es war eine Geldbörse, eine Geldbörse, so ähnlich wie sie von Kellnern benutzt werden. Er öffnete sie. Viel Geld war nicht drin, nur ein bisschen Kleingeld, einige handgeschriebene Papiere, ein Ausweis und eine Visitenkarte, auf der die Anschrift …, auf der die Anschrift eines Pastors und seiner Pfarrei stand.

Er steckte die Geldbörse ein, hielt die Visitenkarte in der Hand und ging weiter. Gedanken an damals schwebten vor ihm, an die Zeit die inzwischen dreizehn Jahre zurückliegt, an die Frau die er durch so einen Fund kennengelernt und sich in sie verliebt hatte. Vor drei Jahren brach dann eine Welt für ihn zusammen, als ich in seinen Armen verstarb. Es war, als wenn man ihm bei lebendigem Leibe das Herz herausgerissen hatte und er seitdem nur noch versucht, nicht zu verbluten.

»Diese Ungerechtigkeit, zwei liebende Menschen auf dieser Art auseinander zu bringen ist infam«, murmelte er vor sich hin.

Gedankenversunken, auf den Boden schauend ging er den Weg durch den Park Richtung Eierhütte, als er im Augenwinkel ein knöchellanges schwarzes Gewand an ihm vorbeihuschen sah. Er blieb stehen, drehte sich um und sah einem Mann im Mantel, unter dem eine schwarze Soutane zum Vorschein kam. Er dachte an das Portemonnaie, das er gefunden hatte und rief:

»Entschuldigen sie …«

»Ja mein Sohn«, sprach der Pastor. »Was kann ich für dich tun.«

Er zeigte ihm die Visitenkarte, die er immer noch in der Hand hielt und fragte:

»Sind sie das.«

»Ja, das bin ich. Wer schickt dich?«

»Niemand! Vermissen sie ihr Portemonnaie?«

»Ja, ich bin gerade dabei den Weg wieder abzugehen, wo ich hätte, sie verlieren können.«

»Hier ist sie.«

Er gab sie dem Pastor, der sie unbesehen in die Tasche seiner Soutane verschwinden ließ.

»Wollen sie nicht nachsehen, ob alles noch vorhanden ist?«

»Nein, mein Sohn. Du siehst nicht aus, als wenn du dich an dem wenigen was drin ist, bereichern würdest. Mir scheint eher, dass dich was bedrückt. Du siehst nicht glücklich aus, an einem solchen Tag wie heute.«

Sie hatten inzwischen die Eierhütte erreicht und der Pastor bat darum, dass sie sich für einen Augenblick niederlassen sollten. Gerd hatte endlich ein lauschendes Ohr gefunden, in das er seinen Kummer hineinsprechen könnte und so fing er an, sein Leid zu klagen.

Latent hörte ich dem Gespräch zu und es war wie der Chorgesang einer gefüllten Kirche, der den Raum dieser Hütte zu einer ganz besonderen Klangfarbenvielfalt verhalf. Es war ein Gespräch unter vier Augen mit einem Beichtvater, ein Kolloquium, einem Gedankenaustausch, es war die Bemühung sich einfach mal den Kummer von der Seele zu reden.

»Ärgere dich nicht. Als der Herr sie zu sich rief, hat er zwar eine irdische Liebe zerstört. Aber vielleicht hat er das auch nur getan, damit die Liebe im Geiste schöner und reiner wird. Deshalb verzweifeln nicht. Dein Schmerz wird vergehen und die Erinnerung wird dir Trost und Kraft geben.«

»Wie soll das Funktionieren?«

»Ich kann nicht das Leid aus der Welt schaffen, nicht den Schmerz lindern, den du empfindest. Alles, was ich tun kann, ist mit dir zu fühlen und in Gedanken in dieser schweren Zeit bei dir zu sein. Doch du musst lernen loszulassen.«

»Einen geliebten Menschen loslassen, ist eine schwere Erfahrung. Aber wie soll ich das machen, ich kann sie doch nicht einfach vergessen?«

»Vielleicht solltest du Bücher schreiben, Bücher über das Leben mir ihr, wie ihr euch kennengelernt habt, wie ihr zusammenlebtet, eure erste gemeinsame Wohnung, der erste gemeinsame Urlaub, die ersten Geburtstage, die Partys, die Arbeit, das Einkaufen. Du hättest dann keine Einsamkeit mehr, wärst abgelenkt, kannst in Gedanken immer bei ihr sein, und wenn du es brauchst, dann kannst du immer wieder in den Büchern deine Erfüllung finden.«

»Das werde ich machen, Herr Pastor. Gleich morgen werde ich anfangen und ich verspreche ihnen, ich werde meine Erfüllung darin finden.«

»Eine Bitte habe ich noch.«

»Ist schon so gut wie erfüllt.«

»Heute feiern wir die Geburt Jesu Christi, den Sohn Gottes und in einer nächtlichen Eucharistiefeier wollen wir ihm zu Ehren einen Gottesdienst abhalten. Ich möchte, dass auch du heute Abend zur Christmette kommst.«

»Okay, ich werde kommen. Frohe Weihnachten, Herr Pastor.«

»Frohe Weihnachten, mein Sohn.«

Rechtzeitig machte er sich fertig und ging los. Tausende strömten von allen Seiten in die Kirche, um an der nächtlichen Weihnachtsandacht teilzunehmen und für ihre Lieben zu beten. Kirchen sorgen an diesen Tagen mit ihrem Festtagsprogramm für eine weihnachtliche Stimmung, der sich keiner entziehen kann, auch wenn das besinnliche Zusammensitzen in den eigenen vier Wänden an erster Stelle steht.

Selbst Menschen, die das ganze Jahr nicht zur Kirche gingen, sah man an diesem Abend.

Die Kirche, ein spätbarocker Bau, war festlich geschmückt, die Sitzplätze wurden knapp und der Ausblick hinauf in die Kuppel mit ihren Fresken, stellte eine Besonderheit dar.

Die Orgel ertönte und eine universelle Sprache schaffte Stimmung. Plötzlich stimmten alle in den stimmungsvollen Klang des Liedes ein und sangen aus ganzem Herzen.

Die Orgel verstimmte, der Pastor kam und begann mit seiner Predigt. Er sprach von der Feier des nächtlichen Gottesdienstes, dass sich Gott in einer besonderen Weise im Kind der Krippe als das Licht in der Dunkelheit der Welt zeigte. Er sprach von der Geburt Jesus Christus, durch den wir das Geschenk der Gerechtigkeit Gottes empfangen, die aus Liebe den Sohn opferte, damit wir uns voller Vertrauen zur Krippe aufmachen konnten.

Der Gottesdienst nahm langsam sein Ende, als der Pastor noch etwas erwähnte:

»An dieser Stelle wollte ich eine Geschichte vortragen. Eine Geschichte, die ich selber schrieb und die ich immer bei mir trug. Heute verlor ich sie auf einem Gang durch den Park. Ein ehrlicher Mann fand sie, und als unsere Wege sich kreuzten und als er mir mein verlorenes Stück zurückgab, bemerkte ich seinen Kummer. Er fühlte sich allein, einsam, für immer und ewig einsam. Er war ein Gefangener, der vom Kummer bewacht wurde.«

Trotz, dass ein leichtes Raunen durch die Kapelle ging, hörten alle aufmerksam zu und so fuhr der Pastor weiter fort:

»Gott hatte seine Frau viel zu früh zu sich gerufen. Der letzte Abschied von einem geliebten Menschen ist der Moment, in dem wir ergriffen stille stehen und arm an Worten des Trostes sind. Wir sind hilflos, wenn wir euch trösten möchten, wir sind hilflos, wenn wir nach Worten ringen, wir sind aber stark, wenn wir glauben können, dass der geliebte Mensch sein Ziel schon so früh erreicht hat. Alle Worte der Anteilnahme können dir sicherlich im Moment nicht über den schweren Verlust hinweghelfen, aber bedenke die Worte, die ich zu dir sagte: Du musst loslassen, eine neue Erfüllung finden. Der Mensch wir mit vielen Persönlichkeiten geboren und stirbt mit nur einer Persönlichkeit.«

Der Pastor verteilte seinen Segen, gab dem Organisten ein Zeichen und durch das Anblasen eines Luftstromes erzeugten die Pfeifen einen Klang, der sich zu einem Lied formte. Wieder stimmten alle ein und sangen das Lied, das von Fröhlichkeit und Seligkeit sprach.

Ich spürte die Veränderung in Gerd und wusste, dass er jetzt mit seiner Trauer zurechtkommen wird. So verließ ich die Kirche, und während ich draußen stand, kam vom Himmel ein punktförmiger Lichtstrahl allseitig und gradlinig auf mich nieder. Er formte sich zu einem Lichtkegel, zu einer warmen vertrauten Lichtquelle und mitten drin hörte ich die Stimme des Herrn im Himmel:

»Eva?«

»Ja«, antwortete ich.

»Deine Mission ist beendet. Du musst jetzt zurück.«

»Okay …, ich werde kommen.«

Ich drehte mich noch mal um und sprach:

»Frohe Weihnachten, mein Schatz.« Daraufhin verschwand ich im Lichtstrahl und sah meinen geliebten Mann nie wieder.

Weitere Bücher der Autorin, zu beziehen über www.bod.de oder über Buchhandel mit ISBN: 978-3-7322-5717-1

Es war eine Liebe, die auf besonderer Weise entstand. Doch eines Tages traf mich das Schicksal schwer, ich wurde krank. Angst überkam mich, Angst den Menschen zu verlieren, der mir mehr bedeutet als alles andere auf der Welt. Und dann war er da …, der Sonnenuntergang.